おしゃべりな手紙たち

ポーラ・ダンジガー&アン・M・マーティン／宇佐川晶子―訳

ハリネズミの本箱

早川書房

おしゃべりな手紙たち

P. S. LONGER LETTER LATER
by
Paula Danziger and Ann M. Martin

Translated by
Akiko Usagawa
First published 2004 in Japan by
Hayakawa Publishing, Inc.
This book is published in Japan by
arrangement with
Writers House LLC
through Japan Uni Agency, Inc., Tokyo.

さし絵：羽住　都

友だちを紹介《しょうかい》するコツを心得《こころえ》ている
キャシー・エイムズに
——P・D&A・M・M

登場人物

エリザベス……………手紙の書き手の片方《かたほう》。中学一年生の女の子。おとなしくて心やさしい

タラ・スター…………手紙の書き手のもう片方。同じく中学一年生の女の子。明るく行動的《こうどうてき》

エマ……………………エリザベスの妹。幼稚《ようち》園児《えんじ》

バーブ（バーバラ）……タラ・スターの母親

ルーク（ルーカス）……タラ・スターの父親

エリザベス

九月四日

タラ・スターへ

いま、午後の四時二分、中学一年の新学期初日が終わって、自分の部屋《へや》にすわっているところ。そしてどうしてもこういわずにいられないの。

もう頭にきたわ。どうして引《ひ》っ越《こ》しなんてしたの？？？　わたしたちA遠《えいえん》の親友のはずでしょ。これほどあなたが好《す》きじゃなかったら、いまごろA遠のもと親友に格下《かくさ》げしてるところよ。

うん、これで気がすんだ。いわずにいられなかっただけ。怒《おこ》ってなんかいない。あなたはいまでもわたしの親友だし。引っ越したのはゆるせないけど、あなたのせいじゃないことはわかってるし。

というわけで……きょうのハイライトを知りたい？　バスをおりてレストン中学校にはいったとたんに気づいたのはね……

1　チマント先生（というような名前だと思うけどちがうかも）が口ひげをはやしてて、けっこういけてる。

2　シモン先生が髪《かみ》をばっさり切って、ゆでたフクロウみたいに見える。

3　ジョリー＊が鼻を整形《せいけい》したかもしれない。ほんとかどうかはなにもわからない。（あなたならここではなにひっかけただじゃれをいうでしょうけど、わたしはそういうのがへただから、自分で空欄《くうらん》をうめてみて）□

＊忘《わす》れちゃってるといけないからいうけど、ジョリー・ハモンドよ。

もうひとつのハイライトは噴水《ふんすい》のゲロゲロ女王、カレン・フランクに関《かん》すること。カレンが毎年新学期の初日に噴水に吐《は》くのはおぼえてるでしょ？　きょうも期待は裏切《うらぎ》られなかったわ。裏切るどころか、うわまわったといってもいいくらい。またやっちゃったの。もっとすごいのは、吐いたのがジョリーの鼻のことを十五人ぐらいの女子がうわさしあってる目の前だったので、そこにいた女子全員が連鎖反応《れんさはんのう》でゲェッとなりかけたってこと。

ねえ、わからないことがあるんだけど。クイズ番組の〈運命のルーレット〉には四百の問題《もんだい》しかないのに、ジャンルは千百万以上《いじょう》もあるじゃない、これってどういうこと？　つじつまが合わないと思うんだけど、きのうの夜チャンネルをあちこち変《か》えてたら、司会者《しかいしゃ》がそういっているのが聞こえたの（エマとわたしは〈ルーレット〉を見ちゃいけないのよ。パパが教育的《てき》な番組しか見せてくれないかぎり、これからもずっと。いままで〈ルーレット〉を見られたのは、あなたの家でだけ。これからどうしよう？）。

きょうはこのくらいかな。学校初日のこと手紙で知らせてね。でもそっちの学校はあしたが初日なんだっけ。それって、オハイオへ引《ひ》っ越《こ》したメリットかも。だけどわたしにいわせれば、いいところはそれだけよ。

エリザベスより

P・S　エマはきょうからファイン幼稚園《ようちえん》に通いはじめたんだけど、すごくいやがってる

わ。幼稚《ようち》園《えん》で習うことって〈セサミ・ストリート〉で全部もう知ってるからだって。それにエマはクラッカーが好《す》きじゃないの。

九月七日

エリザベスへ

ちょいまち!!!!!!!

あたしが引《ひ》っ越《こ》したくなかったのは知ってるじゃん……コドオヤ（コドモみたいなオヤ）に誘《ゆう》拐《かい》されただけだってば……オッケー、わめくのはもうやめる……両親が引っ越したいからって、子どもが一緒《いっしょ》に行かなくちゃならないとしても、誘拐とはいわないいんだよね……いいかげんなれるべきだってこともわかってる……四年生、五年生、六年生と……三年間も一カ所にいたのは新《しん》記《き》録《ろく》だったよ。

とにかく、あんたとはなれればなれの新学期、すっっっごくいやだった。

あしたから学校っていう日なんか、もうすっっごくホームシックになっちゃった……前の家が恋《こい》しかっただけじゃなくて……あんたの家まで恋しくなっちゃってさ。五年と六年になる前、互《たが》いの家に行ったりきたりして新学期の一日めになにを着ていこうかって考えたじゃない。あのときのことをずっと考えてたんだ。すっっごく悲しかったよ。引《ひ》っ越《こ》す前にふたりでつくったスクラップブックを出して、新学期の初日にバーブが撮《と》ってくれたあたしたちの写真を見てたの……

四年生――あんたはあのチェックのスカートに白いブラウス、革靴《かわぐつ》、お母さんの真珠《しんじゅ》のイヤリング。あたしは片《かた》ひざに穴《あな》のあいた黒のスパッツに〈クジラを救《すく》おう〉ってロゴのはいった黒くて長いTシャツ、蛍光《けいこう》ピンクのひもつきの黒いハイカットのスニーカーをはいて、母親の黒とピンクのビーズのついたバレッタ。

五年生――あんたのニューファッション！！！　チェックのスカート、白いブラウス、革靴、お母さんの金と真珠のイヤリング。あたしのニューファッション！！！　同じスパッツ、同じ蛍光色のひもつきの黒いハイカット、〈人類《じんるい》を救おう〉のロゴ入《い》り黒いTシャツ、そして母親のクリップ式の鼻ピアス。

六年生――あんたはあの〝かわいい〟花柄《はながら》のサンドレスにお上品《じょうひん》なサンダルに、お母さんの真珠の鼻ピアス（冗談《じょうだん》）。あたしは新しい黒のスパッツ（穴のあいてない）、黒いサンダル、黒いTシャツでロゴは

〈これが読めれば視力《しりょく》はばっちり〉

あとは父親の輪《わ》っかのイヤリング。

ゴシップ教えてくれてありがとう。ジョリーが鼻を整形《せいけい》したらしいっていうことについてのだじゃれだけどさ、こんなのどう。「はなを変《か》えても、はなみずたらりじゃ、はなしにならない」なんちって……これが最高《さいこう》のだじゃれじゃないのは認《みと》めるけど、引《ひ》っ越《こ》してからだじゃれをとばす相手がいなかったんだから、しかたないじゃん。

新学期一日めのこと、もっとくわしく知りたいな……なにを着ていったの？　知りたいよう。あたしは黒のスパッツに長い黒のTシャツ（スローガンなしの）、赤いがっちりブーツ、頭にはバーブのきらきら光るスカーフ（ほらあれ……新学期の保護者会《ほごしゃかい》でしてたやつ。あのとき先生たちはみんなバーブをあたしの姉さんだと思ったんだよ……母親じゃなく）。

とにかく……あたしの初日は可《か》もなく不可《ふか》もなし……知りあいもなくまごまごしている転校生《てんこうせい》のわりにはね。

あたしのかっこうをからかうやつが何人かいたんだ。アレックスって男子なんか、占い師《うらなし》なのかって聞くんだよ。だから、いつまでもからかってたら、将来《しょうらい》大きな災難《さいなん》がふりかかるよ、透視《とうし》できるんだからねっていってやった。

お弁当《べんとう》の時間は最低《さいてい》なんてもんじゃなかった。一緒《いっしょ》に食べる相手がひとりもいなかったんだもん。

授業《じゅぎょう》は問題なし……作文の授業がないらしいってことをのぞけば。創作《そうさく》の時間がなかったら、どうやってあたしはアメリカの偉大《いだい》な作家（あたしたちの小説《しょうせつ》が本棚《ほんだな》にとなりあわせに並《なら》ぶようなな）になりゃいいの？

ところで、あたし名前をちょっと変《か》えたんだ。最初《さいしょ》はメアリーとかサラとかジェーンとかの名前で一からスタートしようかと思ったんだ。そのあとで見た目と目標《もくひょう》を変《か》えようってね……だけどそれだとうまくいかないような気がしたから、タラ・スター・レーンをあらため……タラ★スター・レーンにする……だんぜんこのほうがエキサイティングじゃん？

もうこのぐらいにしとくね。もう三十分もしたらバーブとルークが仕事から帰ってくるから、テーブルの用意をしなくちゃ。（ジャンヌマリーがつくってくれた今夜のごちそう、どんなのだった？　チキンのハーブ焼《や》き？　ニンジンのグラッセ？　チョコレート・パフェ？　うちのディナーはルークが買って帰るマクドナルドのハンバーガーとフライドポテトと飲み物だよ、それに冷凍食品《れいとうしょくひん》サラ・リーのケーキ。）

タラ☆スターより

P・S　ファイン幼稚園《ようちえん》が大きらいなエマをすごく尊敬《そんけい》しちゃう。なんであんたの両親がわが子を〈すぐれた教育のための場〉がモットーの私立《しりつ》幼稚園へやらなくちゃならないのか、ぜんぜんわかんない。
ほんとにこのぐらいでやめなくちゃ。コドオヤがすぐにでも帰ってきそう。

エリザベス

九月十一日
午後五時三十六分

タラ★スターへ

あはは。すごくおもしろい。そうなのよ、ファイン幼稚園《ようちえん》のモットーじゃ、だじゃれにならないものね。想像力《そうぞうりょく》がたりないのよ。あのモットーときたら……そもそも、あたりまえすぎてモットーとはいえないいんじゃない。

う〜ん。あなたの手紙を読みかえしたところ。そうね、これで十回めかな。しつこく読んでいるのは、あなたがそばにいてくれるみたいな気がしてくるからよ。わたしもスクラップブックをずっと見てるの。これをつくった日のこと、おぼえてる？　マーサが掃除《そうじ》をしたばかりなのに、わたしたちがものすごくちらかしたからママはあきれてたわ（あの足台を七、八センチずらすと、あの日あなたがうっかりつけちゃった足跡《あしあと》がうまく隠《かく》れるの。足台が足跡を隠してるって、なんかおもしろくない?)。

あなたがいないとすごくさびしい! それもみんなコドオヤのせいよ。コドオヤ。この言葉、いいわね。やな感じってところがいいわ。だってわたしはコドオヤに怒《おこ》ってるんだもの。あとになって、怒《いか》りがおさまったら、いい言葉って思えるかもしれないけど。とにかく、手紙は読んでるけれど、ほんとにしたいのはおしゃべりよ。お互《たが》い電話もできないなんて信《しん》じられない。すくなくともあなたにはりっぱないいわけがあるわ。だってコドオヤが長距離《ちょうきょり》電話は高すぎるというんでしょ。それは理解《りかい》できるの。だけどうちのパパは例《れい》によってきびしいだけなんだもの。「タラに電話をかけてはだめだ」(なんであなたのことタラ★スターって呼《よ》ぼうとしないのかしらね?)

ええと、これで十一回あなたの手紙を読んだから、順番《じゅんばん》どおりにあなたの質問《しつもん》に答えるわね。
1 新学期の一日めのわたしの服装《ふくそう》は、ジーンズ、革靴《かわぐつ》、白いブラウス。あと、ママに手伝《てつだ》ってもらって髪《かみ》を編《あ》みこみにして、ママの金の輪《わ》っかのイヤリングをつけていったわ。
2 作文の授業《じゅぎょう》がないのに、あなたがどうやってアメリカの偉大《いだい》な作家になったらいいのか、わたしにもわからない——でも自分の時間を作文にあてればだいじょうぶかも。ノートに文章を書いてみたら（そしてなくさないようにしてみたら）？　今年はドアティ先生の作文があるから、すべりだしはまずまず（でも、あなたも作文の授業があったらいいのにね。わたしだって作文がなかったらがっかりだわ）。

3　うん、タラ★スターのほうがタラ・スターよりぜんぜんいい。すごくいい感じ。エリザベスもどうにかならないかしら？　わたしも変《か》える必要《ひつよう》があるかも。

4　新学期初日にジャンヌマリーがつくった夕食はポークチョップ、つけあわせはサヤエンドウ、それにサラダだったわ。デザートはクレーム・ブリュレだった。パパはデータ・プロ社で緊急《きんきゅう》の会議《かいぎ》があったせいで、夕食を食べそこなったけど。会社の重役《じゅうやく》ってときどきわりに合わないわよね。パパはどうだか知らないけど、わたしならなにがなんでもポークチョップを優先《ゆうせん》させるわ。

たったいま、エマが部屋《へや》にはいってきたの。わたしのすぐそばに立って、なにをしてるのってたずねてる。あなたに手紙を書いているところだといったら、あなたがいなくてさびしいって。エマもわたしと同じ気持ちなのね。エマはあなたのことおもしろいと思ってるの。エマのためにわたしももっとおもしろくなるよう努力《どりょく》するつもり。

エリザベスより

P・S　転校生《てんこうせい》なのに堂々《どうどう》として、その男子に災《わざわ》いがふりかかるといってやったなんて、すごい。わたしだったらそんなに勇敢《ゆうかん》にはぜったいになれないわ。もう友だちできた？

P・P・S　エマはもうあんまりファイン幼稚園《ようちえん》がいやじゃないみたい。粘土《ねんど》遊びができるからね。

ベロビーチからのおたより

9／16

タラ★スターへ

　びっくりした？　おじいちゃんが連休《れんきゅう》にベロビーチへおいでと電話してきたの（おばあちゃんが週末《しゅうまつ》出かけるので、ひとりになりたくなかったのよ）。だから家族みんなで三日間フロリダへきてるんだけど、あんまり楽しくない。エマは魚をつかまえたのよ。でもミッキーマウスに会えなかったのですごくがっかりしてるわ。

エリザベスより

P・S　この前の手紙になんで返事くれないの？　怒《おこ》ってるの？

九月二十一日

エリザベスへ

ちがうよ……**怒《おこ》ってるんじゃない**……すくなくとも、フロリダへジェット機《き》でひとっ飛《と》びという絵はがきが届《とど》くまではね……人生はなんてむごいんだ！！！！！

うん、ちょっと怒ってるかもしれない……ものすごく怒ってるかも……でも気にしないで。世の中のすべてに怒ってるだけだと思うから。

二週間も手紙書かなくてごめん。ペンをなくして書けなかったっていうまぬけでかわいいはがきを送るつもりだったんだけど……それってほんとじゃないし……書かなかったのは正気《しょうき》と……ユーモアのセンスと……機嫌《きげん》のよさをなくしてたからだと思う。

ときどきなにもかもすごくつらくなっちゃってさ……親がおかしな行動してるし（じっさいには、ノーマルな行動なんだけど……あの親がノーマルだなんておかしいんだよ！）。ふたりとも気に入《い》った仕事を持ってて……母親なんか母親学級へ行ってるんだよ……母親学級だなんて、信《しん》じられる？　あたしは十二歳《さい》、あっちは二十九歳だってのに、**いまごろ**母親学級に行くなんて……あたしが生まれたときに行ったならわかるけど……なんで**いま**なんだ？？？？？　あたしにとって最高《さいこう》の母親になりたいからって、それしかいわないの……一人前の大人《おとな》であるべきだったのにそうじゃなかったから、うめあわせをしたいんだって。それに父親は「家を買うために節約《せつやく》しているんだから、家族みんなで無駄《むだ》づかいはやめよう」とかいって、まるでまともな父親みたい。うちのコドオヤがそんなことというなんて、信じられる？……責任《せきにん》ある人間はあたしひとりって状態《じょうたい》にすっかりなれちゃってるから、この変化《へんか》が不気味《ぶきみ》でしょうがないよ……それに苦痛《くつう》でたまんない。信じられる……コドオヤってばさ、あたしに門限《もんげん》をつきつけてるんだよ……けどもっとうんざりしちゃうのは、夜おそく行きたい場所もないし……おそくまで長居《ながい》しちゃうような場所もないってこと（ひゃー……なんかこの文、テンテンだらけの……ぶつぎり状態……こういうのを意識《いしき》しちゃうのは、フィッシュバーン先生……って国語の先生なんだけど……そうなんだよ、そういう名前なの……もっともあたしはひそかに〝恐怖《きょうふ》のフィッシュバーガー〟って呼《よ》んでるんだけどさ……その先生が文法《ぶんぽう》とか構文《こうぶん》が好《す》きなせいかも）。さてと、コドオヤ報告《ほうこく》にもどるね。

あたしの意見も聞かずに引《ひ》っ越《こ》した（あのふたりにはめずらしいことじゃない）と思ったら、まるで別人《べつじん》みたいにふるまいはじめてる。

とにかく……**あたしはそれがイヤなの！！！**

それにさ……ほかになにがイヤかわかるよね……新しい学校がイヤ。みんなすごくすかしてていじわるなんだよ……あたしの服装《ふくそう》をからかうし……恐怖《きょうふ》のフィッシュバーガーはあたしが書いた文章にまゆをひそめるしさ……で、こういうの、「つくりすぎです。形式を無視《むし》してますね」おまけに見た目までさえないんだ……色はちがうけど毎日同じ服を着てくるんだよ……スカートにブラウスに上着、こればっか。月曜は水色のくみあわせ……火曜はゲロ出そうな緑……水曜はきったない茶色……木曜は信号《しんごう》の黄色……そして金曜は鍋《なべ》つかみみたいなチェック。

ハッピーになってから返事を書くほうがいいと思ってたんだけど、この調子だと卒業《そつぎょう》までかかっちゃいそうだったの。

オッケー……もうたくさんだよね……話題を変《か》えよう。

一家でフロリダへジェット機《き》でひとっ飛《と》びだって？　もう嫉妬《しっと》しちゃうよ。エマはあたしのあげたあのサングラス、あんたの両親がきらってるあれ……ヤシの木ときらきらがついてるあれをかけた？　あんたのお父さんが悪趣味《あくしゅみ》だっていってるやつ。

それじゃ……あんたが手紙で書いてきたことについて話すね……

1　あたしもスクラップブックを見てばかりいるよ。すごく笑《わら》っちゃうんだけど、どれだと思う？　夏休みにさ、あたしがあんたの家族と、あんたがあたしの家族と一緒《いっしょ》にすごしたときがあったじゃない？　うちの家族とお祭りに行ったときのあたしたちの写真、大好《だいす》きなんだ――顔じゅうに綿《わた》アメをくっつけてすごいよね。ゲームであたったライムグリーンのプードルのぬいぐるみの顔にまで綿アメがくっついてるの。それから、あたしがあんたの家族と一緒に美術館《びじゅつかん》に行ったときの写真。あんたんちの家族旅行に入れてもらえてすっっっごく楽しかった。あんたのお父さんがほんとはあたしをきらってるのは知ってるけど。

2　創作《そうさく》について……とうぶんあたしの〝創作〟はあんたへの手紙だけだよ……だけどこれはどっちかっていうとノンフィクションかもね。作家のスランプ、あれみたいな感じ。

3　エリザベスって名前を変《か》えるとすると……リズ、リジー、リズル、ベス、ベシー、ベゼリーノ、エリザリーノ、イライザ、ライザ、ザベス（あたしはこれが好きだな）、エル、クライド、ウォルド、リッチー（あんたんちのありあまるお金のことじゃなくて、名字《みょうじ》のリチャードソンの

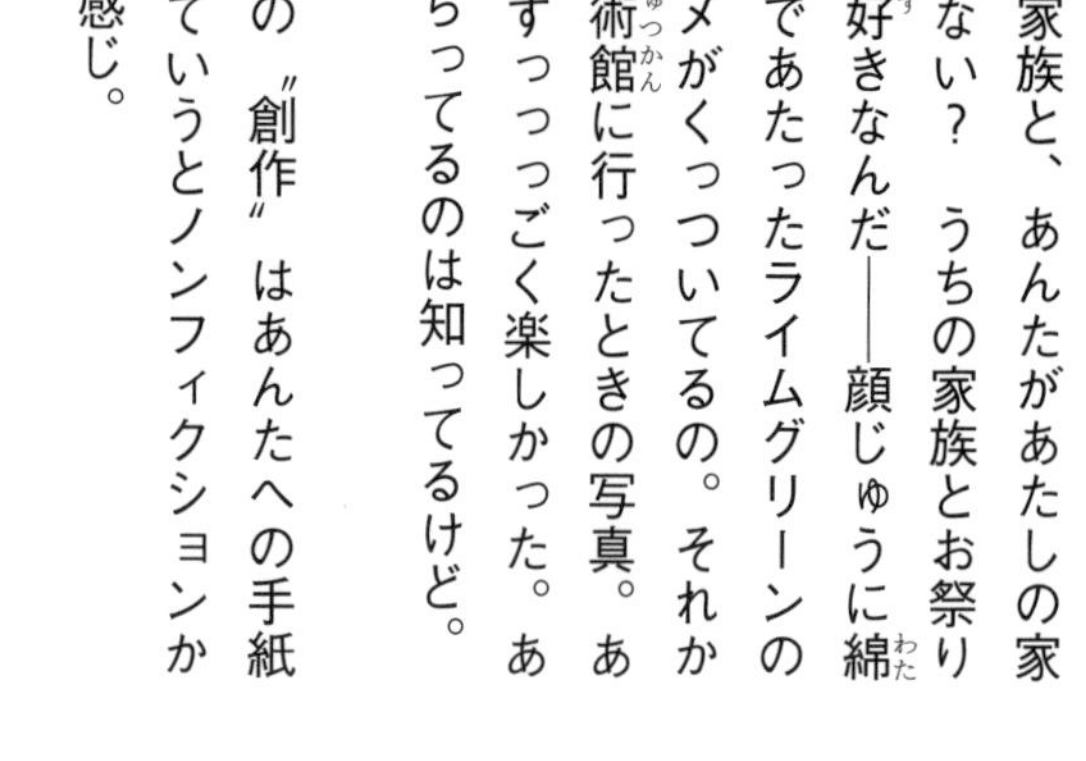

略《りゃく》）。エマに伝《つた》えて、あたしもエマが大好《だいす》きだし、会えなくてすっご〜くさびしいって。

じゃね
タラ☆スターより

P・S（心からあやまっている口調《くちょう》で）うぅ、エリザベス……この手紙を読みかえしてみたんだけど……出だしのところ、すごくいじわるでごめんね。機嫌《きげん》がいまいちよくないだけだと思うんだ……それにそう、怒《おこ》ってるの……すべてにたいして……で、あんたにやつあたりしちゃってる。

でもこれであたしがちっとも返事を書かなかったわけがわかったよね。

九月二十五日
午後四時三十五分

エリザベス

タラ・スターへ

やっぱりわたしは正しかったのね。あなたはわたしに怒《おこ》ってる。あなたも正しいわ。だって〝手紙〟の中のあなた、ほんとにいじわるだもの。どうしてわたしにやつあたりするの？ そういうときのわたしをなんていうのか、知ってるわ。社会の授業《じゅぎょう》で習ったばかりだから。いけにえっていうのよ。わたし（いけにえにされた）にとっても、あなた（いけにえにした）にとっても、ゆかいなことじゃないわ。友だちがいなくてすごくさびしいと感じているなら、わたしへの態度《たいど》をちょっと変《か》えてみたら。つまり、わたしのこと、まだ友だちだと思っていてくれるなら、ってことだけど。

この手紙はここで終わりにして、ポストに入れちゃおうかと思ったけれど、それじゃあんまりよね。だからかわりにあなたの手紙を最初《さいしょ》から読みなおしてみる。どっちにしても聞きたいことがいくつかあるの。いいたいこともね。

まずはじめに、ディズニー・ワールドに行く四千人の乗客と一緒《いっしょ》に金曜の朝オーランドへ飛行《ひこう》機《き》でむかうのを、わたしなら「フロリダまでジェット機でひとっ飛《と》び」とはいわないと思うなあ。なんかそれだと専用《せんよう》ジェットで行ったみたいじゃない（たしかに……ファーストクラスだったけど、うちのパパってそういう人だし。それにファーストクラスってぜんぜんおもしろくない。子どもはわたしたちだけだし、乗客はみんな子どもなんて邪魔《じゃま》って態度《たいど》まるだしなんだもの）。そのあとは、むっとするレンタカーに乗ってベロビーチまで行かなくちゃならなかったのよ。エマが読めるたったふたつの単語《たんご》、ディズニー・ワールドへの標識《ひょうしき》を全部素通《すどお》りして。**おまけに**、そもそもわたしたちは行きたくて行ったんじゃないの。わたしの絵はがきを注意して読めば、わかるはずよ。

じゃ、あなたの両親はまともにふるまってるのね。ちょっとはありがたいと思ったら？　両親がふたりそろってしあわせで、マイホームを買おうと節約《せつやく》してるのよ。それって、もう引《ひ》っ越《こ》さなくてすむってことかもしれないじゃない。ときどきあなたは自分の幸運がわかってないことがあるみたい。バーブは働《はたら》きたくて働いているんだもの、いいじゃない。うちのママは働きたいのに、パパがお金なら自分がじゅうぶんかせいでいるから、働く必要《ひつよう》はないっていうのよ。だからママは家にいて、家事《かじ》をしたり、お手伝《てつだ》いさんの監督《かんとく》をしたりしなくちゃならないの。パパは家族のためを考えてるつもりなんでしょうけど、ママがどれだけつまらないと思っているかまるでわかってないの。あなたの家では、だれもつまらないなんて思ってないでしょ。

ううん、エマはあなたにもらったサングラスはかけなかったわ。夏のあいだになくしちゃったの。

これでよしと。いうべきことはちゃんといったと思うわ。

エリザベス

ああ、タラ。つづりのまちがいとか、句読点《くとうてん》の打ちかたのミスとかがあるかもしれないと思って、いつもの習慣《しゅうかん》でこの手紙を読みかえしてみたの。よかった。だってものすごく大きなまちがいを見つけたんだもの。「を」と「お」をまちがえたとか、クエスチョンマークをつけ忘《わす》れたとかいうんじゃなくて、考えかたがまちがってたの。

突然《とつぜん》いけにえに関《かん》して、もうひとつわかったことがあるの。ミスター・チウメント（正確《せいかく》な名前がやっと判明《はんめい》）がいい忘れたことよ。だれかをいけにえにするのがいかに簡単《かんたん》かってこと。あんまり頭にくると、怒《いか》りをぶつけている相手のことを考えもしなくなるってことを、いい忘れたのよ。わかる？　きょうあなたの手紙を受け取ったとき、わたしはこう思ったわ。すてき、これでタラにこっちで起きていることについて話せるわって。よくないことだけどね（起きていることがよくないって意味）。でも封《ふう》を切って手紙を読んだら、頭にきちゃったの。そしてあなたにやつあたりした——あなたのことをいまでも世界じゅうでいちばん、**いちばん**、**いちばん**の友だちだと思っているにもかかわらず。だからわたしのいったこと全部についてあやまるわ——でもやっぱりこの手紙出すことにする。だって嘘《うそ》いつわりのない気持ちだから。

作家のスランプだなんて、ほんとにかわいそう。でもそのうち脱出《だっしゅつ》できると思う。

パパのことでいいたいことがあったの。これでもう一週間、夜の十一時になっても帰ってこないのよ。ママはそのことについて話そうとしないの。その話はできないから、なんにも聞かないでちょうだいって顔をしてる。話したいことがほんとにいっぱいあるんだけれど、もうくたくたになっちゃった。注意をひこうとしていってるんじゃないのよ。すぐ返事ちょうだいといってるわけじゃないし、心配ごとがあるなら話してとあなたからいってほしいわけでもないの。この手紙の怒《おこ》ってる部分を書きおわったら、ほんとに疲《つか》れちゃったのよ。**約束《やくそく》**するわ、残《のこ》りは次の手紙で話すから。

エリザベスより

P・S　タラ、わたしのためにいいニックネーム考えてくれた？　前は怒《おこ》ってたから考えてくれなかったんでしょ。すごく重要《じゅうよう》なことなのよ。

P・P・S　今度の手紙ではあなたの名前にまた★をつけるわ。

エリザ★ベスへ（新しいニックネームだよ。気に入《い》った？　すごくすごーくいいと思うよ……あんたらしいし……ちょっと古風《こふう》だけど新しいことにトライしてるって感じがしてさ。それにあんたが★をつければ、あたしたちスター双子《ふたご》かスター友だちってことになるじゃん。ただのスターズでもいいけど……おまけに名前のつづりもなんにも変《か》えなくてすむし……だから感想《かんそう》、教えて）

この前の手紙をあたしがどれだけ後悔《こうかい》しているか何ページ分も説明《せつめい》できるけど……後悔してるのはもうわかってると思うから、やめとくね。

質問《しつもん》への答え：

1　あんたのお父さんがあたしをきらってるという発言について――そのことを考えたくないのはわかるけど、でもほんとだもの。だけど、うちの親の結婚《けっこん》が早すぎたとか、あたしたちがビンボーとかいうだけで、ああいう態度《たいど》を取るのはどうかと思うな。だって、あんたの親だって昔から大金持ちだったわけじゃないでしょ？（ほんとは、あんたがお父さんのことなんか質問《しつもん》してないのはわかってるんだ……ただいっておきたかっただけなの。）

2　お父さんが夜おそくまで帰ってこないのがすごく心配なんだ。かわいそうに。仕事だと思う？　それともほかのことかな……だれかいるとか？

あたしはというと――これといってなにもなし……あいかわらずの毎日だよ。

すぐに返事ちょうだいね。

あんたのスター友だち（略《りゃく》して★友）

タラ☆スターより

郵 便 は が き

料金受取人払

神田局承認

2700

差出有効期間
平成18年5月
23日まで

101-8791

525

東京都 千代田区 神田多町 2−2

早 川 書 房

〈ハリネズミの本箱〉編集部行

★切手をはらずに、そのままポストに入れてください。

お名前	（男・女 歳《さい》）
ご住所《じゅうしょ》（〒 − ）	
学校名・学年 またはご職業《しょくぎょう》	

これから出る新しい本の原稿《げんこう》を読んで、感想《かんそう》を書いてくれる人を募集《ぼしゅう》しています。やってみたいという人は、□に印《しるし》をつけてください。→ □

愛読者カード

あなたが感じたことを教えてください。
いくつ丸をつけてもかまいません。
むずかしかったら、おうちの人と相談《そうだん》しながら書いてもけっこうです。

このはがきが入っていた本の題名

どこでこの本のことを知りましたか？

①本屋さんで見た　②新聞・雑誌《ざっし》などで紹介《しょうかい》されていた
③広告《こうこく》を見た　④友だちや先生から聞いた
⑤おうちの人が買ってきてくれた
⑥その他（　　　　　　　　　　　　）

どうしてこの本を読んでみようと思ったのですか？

①表紙やさし絵がきれいだったから　②題名《だいめい》がよかったから
③あらすじがおもしろそうだったから
④〈ハリネズミの本箱《ほんばこ》〉のほかの本を読んだことがあるから
⑤同じ作家《さっか》が書いた本を読んだことがあるから
⑥ほかの人にすすめられたから（だれに？　　　　　　　　）
⑦その他（　　　　　　　　　　　　）

この本を読んで、どうでしたか？

内容　①おもしろかった　②ふつう　③つまらなかった
表紙・さし絵　①よかった　②ふつう　③よくなかった

感想を何でも書いてください。

これからどんな本を読んでみたいと思いますか？

①ミステリ　②ＳＦ　③ファンタジイ　④冒険《ぼうけん》
⑤ユーモア　⑥こわい話　⑦感動的《かんどうてき》な話　⑧伝説《でんせつ》・神話《しんわ》
⑨その他（　　　　　　　　　　　　）

ご協力《きょうりょく》どうもありがとうございました。
あなたの意見をもとに、これからも楽しい本を作っていきます。

エリザベス

十月二日

タラ★スターへ

新しい名前、とっても気に入《い》ったわ！　スターズもスター双子《ふたご》もスター友だちも★友もすごくいいけど、やっぱりただの友だちがいいな。そしていまも友だち同士《どうし》でいられるのがうれしい。手紙でけんかしたけど、仲なおりできてよかった（お互《たが》いの親が電話をゆるしてくれていれば、もっと早く解決《かいけつ》できたでしょうけど）。

それじゃ、パパのことを話すと約束《やくそく》したから、話すわ。まる一週間、十一時前には帰ってこなかったっていったでしょ？　で、あれは一週間前のことだったんだけど、いまだに十一時前には帰ってこないから、もう二週間もつづいてるのよ。ある夜なんて、何時だったかもわからないぐらい。わたしはぐっすり眠《ねむ》っていたから、十一時よりそうとうおそい時間だったのはたしか。

そうくるだろうと思った。朝まで帰ってこなかったんじゃないかと思ってるでしょ。でもそうじゃなかったのはたしかよ。だって、パパが仕事に出かけるとき、ママが四時前には帰るようにしてほしいといっていたもの。午後の四時じゃなくて、朝の四時だってことはママの口調《くちょう》からぴんときたわ。家族そろって夕食に出かけたりするのに、ときどきママが四時前に帰ってねって頼《たの》んでいたことも前はあったけど。十一時だか四時だか知らないけど、毎晩《まいばん》そんなにおそくまでなにをしてるのかしら？

なにかあるのか、だれかいるのかって聞いてたわね（そんなこと聞くのはあなただけよ）。考えてみたんだけど、人じゃなくてモノだと思う。わけは聞かないで。ただそんな気がするのよ。

ねえ、聞いてくれる？　きょうママから、ダウンタウンへ出かけるからエマと遊んでやってね、といわれたの。あなたが引《ひ》っ越《こ》しちゃってから友だちもいないし人生もからっぽで、宿題しかやることがないから、いいわって答えたわ（そうそう、クロス刺繡《ししゅう》もはじめたんだった）。まあそれはいいとして、エマがりんごジュースをねだったので食料庫《しょくりょうこ》に行ったら、ジュースやミネラルウォーターなんかのうしろになにを見つけたと思う？　ウォッカの大びん四本。何リットルもありそうなほんとにすごく大きなびんよ。異常《いじょう》じゃない？　パパとママがパーティーをやるつもりなのかもしれないけど、そういうときはいつも前もってわたしに教えてくれるわ。あのびんがパーティー用じゃないとしたら、どういうことかしら。それを見たとたん、おなかが冷《つめ》たくなってトイレに行きたくなっちゃった。

あなたの学校の生徒《せいと》のこと教えて、タラ。友だちになれそうな人はいる？　一日めに未来《みらい》を予言してやった男子はその後見かけた？　まともな子もいるの？　気が合いそうな転校生《てんこうせい》はほかにいないの？　転校生同士《どうし》で仲良しグループができないかしらね。そうだ、ハートバーン先生だかなんだかの娘《むすめ》がいたりして。その子の新しい親友になって、ハートバーン先生を味方につけちゃったら？

あ、エマがきた。この手紙になにか書きたいみたい。新しいページをあげたほうがよさそうだわ。

さしあたってはこれだけ。

えま

永遠《えいえん》に最良《さいりょう》の★友
エリザ☆ベスより

十月十日

エリザ★ベスへ

新しい名前、気に入《い》ってくれてよかった！　学校でもそれを使って、宿題にも全部その名前を記入して、みんなにもそうしてもらえば？　ぜったいそれがいいって。

あんたの手紙の内容《ないよう》について話したいんだけど。あたしちょっと心配だよ……ていうか、すっごく心配！！！！！！　どう考えてもヘンだよ、あんたの家。

お父さんになにが起きてるんだろう？　会社でまずいことでもあるのかな？　お父さんとお母さんはけんかしてない？（あんたの親がいつも万事《ばんじ》完璧《かんぺき》みたいにふるまってるのは知ってるけどさ……だけどいまの状況《じょうきょう》はぜったいおかしいよ。）

あたし、そのことバーブに話してみたんだ（白状《はくじょう》しちゃう。あたしがあんたにぜったい嘘《うそ》をつかないのは知ってるよね……あたしあんたの手紙を母親に見せたの。怒《おこ》らないだろうと思ったからなんだけど……いつもうちにきたときあんたはバーブとおしゃべりしてたし……バーブがあんたのことほんとに好《す》きなのは知ってるでしょ……だからあんたの手紙を見せたこと、怒らないでほしい)。バーブは、ほんとに必要《ひつよう》なときはいつでもいいから電話してちょうだい、電話代はうちがもつからっていってた(あんたがあたしに電話するのをあんたの親がいやがってるって、バーブは知ってるんだ)。だったら、こっちから電話させてって頼《たの》んだんだけど、だめだって……緊急《きんきゅう》の場合だけなんだってさ(うちの家計ほんとにきびしいんだ……例《れい》によって！！！！！)。

だれかそっちの子たちにつきあって遊んでみれば？　あたしが引《ひ》っ越《こ》す前はよく乗馬クラブで馬に乗ってたじゃん。

それにほんとの友だちじゃなくたって、一緒《いっしょ》にいろんなことができるでしょ(あんまりはずかしがってちゃだめだよ……いったん知りあいになると、あんたはすごくおもしろい、いい人なんだからさ)。エリザ★ベス、あんたを好《す》きな子はいっぱいいるよ。そういう子たちに電話したり、家に遊びにきてもらったり、一緒に出あるいたりしなくちゃ。お父さんがあんたの友だちになってほしいと思うような子たちじゃないかもしれないけど、あんた自身が友だちになりたいと思ってる相手なら、いいじゃん(サラから手紙がきたよ。学校の演劇《えんげき》に挑戦《ちょうせん》してみるんだって。演劇クラブにはいってみれば？　芸術《げいじゅつ》の才能《さいのう》がすっごくあるんだし……クロス刺繍《ししゅう》で舞台装置《ぶたいそうち》もつくれるかも……冗談《じょうだん》だけど……だけどほんと、舞台のほうでも衣装《いしょう》づくりのほうでもきっとなにかできるよ……もちろん役をもらうことだって。みんなと一緒に楽しむ、いいチャンスだと思うな)。

あたしも、自分のアドバイスにしたがって、演劇《えんげき》クラブに挑戦《ちょうせん》することにした……ほかにも学校新聞とか……アメリカ死体クラブとか（そのクラブってさ、棺桶《かんおけ》に片足《かたあし》つっこんでる人じゃないと、入れてもらえないんだけどね……わかってる……わかってるって……くだらないジョークだよ、だけどこのところあたしにはつらい時期だったから、ユーモアのセンスを取りもどそうとしてるところなの）。だけどほんとに演劇と文章を書くことはやろうと思ってるんだ。退屈《たいくつ》なのがすっっごく退屈なんだもん。

うちの学校の生徒《せいと》たちについて質問《しつもん》してたよね。

なによりもまずこっちはものすご～く生徒数が多い。マンモス校ってやつ。いろんな町の子たちが通ってる（小さな町に住んで、その町の子専用《せんよう》の学校に通えるのがどれだけラッキーかなんて、考えたこともなかったよ。ここの子たちは小学校のあいだはそれぞれの町の学校に行って、中学にはいると大きな学校に行くの。そのあと高校ね。フウーッ！！！！！

あたしにとってラッキーなのは、中学一年生みんなにとってここははじめての学校だってこと（ていうか……去年落第《らくだい》した生徒をのぞく全員って意味だけど……あたしはその落第生のひとりと体育の授業《じゅぎょう》が一緒《いっしょ》なの。名前はハンク。タンクのハンクっておぼえてるんだ）。

ラッキーじゃないのは、あたし以外《いがい》の全員が地元の小学校の出身らしいってこと……だから全員、顔見知りってわけ。ほかの場所からここへ引《ひ》っ越《こ》してきた人はだれもいなかった。

この学校にはいくつかグループがあるみたい。

1　〝あたしたちって完璧《かんぺき》〟って感じの人気ばつぐんのグループ。むかつく。どんな行動をして、どんな服を着るか〝決まりごと〟をつくってるらしい。

2　〝放課後《ほうかご》は居残《いのこ》り部屋《べや》にいる〟グループ。

3　〝みんなとちがうのが好《す》き〟なグループ。このグループにいる子たちはみんな個性的《こせいてき》。じつはね、仲良くなりたい子が何人かいる。

4　社会に順応《じゅんのう》できないグループ……あたしが知りあいになろうとしてる生徒《せいと》はこのグループにいっぱいいいる。

5　〝トップランク〟……成績《せいせき》ばかり気にしてるガリ勉《べん》。

6　それ以外《いがい》のグループ……以上のグループにはいってない子がいるといけないので。あたしが、ひとりでもとりのこされた子がいるのはがまんできないこと、知ってるよね。

エリザベス……ここまで書いたところで読みなおしてみたんだ。あたしってすごいクソ女じゃん（あんたがこの言葉をきらってるのは知ってるけど）。でも、ほんとにすごいクソ女なんだもん。人にレッテルを貼《は》るやつって大きらいなのに……**自分がそれをやってる！！！！！**　すっごくむかつく！　この最低《さいてい》の気分からはいあがらねば。

まあいいか……こんなことでへこんだりしない。ここからぬけだすためになにかするつもり。わかるでしょ。あたしって、半分水のはいったコップを見て、もう半分しかないとか……まだ半分もあるとか思うタイプじゃないの。ふちまでいっぱいにするためにはどうしたらいいかっていつも考える。

このぐらいにしておかなくちゃ。お芝居《しばい》のオーディションを受けるつもり。主役がほしいの……スターになりたい。

じゃね

タラ☆スターより

十月十七日

エリザベス

タラ★スターへ

電話代をそっちもちで電話してもいいといってくれるなんて、あなたのお母さんってほんとにいい人。どうやればそっちもちにできるのか知らないけれど、そのうちそうさせてもらうわね。交換手《こうかんしゅ》にそういえばいいのかな???

とにかく、あなたのお母さんにすごく会いたい。あなたのお父さんにも(もう怒《おこ》ってないから、〝コドオヤ〟ってわりといい言葉だと思うようになっちゃった)。でも、いちばん会いたいのはあなたよ、タラ。ちょっとでいいから会いにこられるようコドオヤを説得《せっとく》できない? 週末《しゅうまつ》車で家族そろってこっちへくればいいのよ。それだったらあなたがひとりでどうやってくるかみたいな、複雑《ふくざつ》なことはなんにも考えなくてすむし。バーブとルークにも会えるわ。ね? ね? コドオヤに聞いてみて、お願《ねが》い。モーテル代が出せないっていうんなら、サラの家かどこかに泊《と》まってもいいでしょ。

あなたの学校の生徒《せいと》たちの話、おもしろかった。〝みんなとちがうのが好《す》きなグループ〟のだれかともう知りあいになった？　それとも社会に順応《じゅんのう》できないグループの人とはどう？　わたしがその学校に行ってたら、たぶんそのグループにいると思うわ。気に入《い》るかどうかは別《べつ》として。同じような人がたくさんいたら、あまり気にしなくてすむだろうし、どのグループにもはいっていないよりは社会に順応できないグループにはいってるほうがいいものね。

それで、オーディションは終わったの？　**どうなったのかぜったい教えて。**知りたくてたまらないの！！！　役をもらった？　大役《たいやく》？　あなたがスター？　もっと近くに住んでたらいいのに。そうしたら、あなたのお芝居《しばい》見にいくのに。どんな役だって、あなたのことすごく誇《ほこ》らしく思うわ（役がもらえるのはまちがいないもの）。

わたしはまだ演劇《えんげき》クラブのことはだれにもしゃべってないの。そんな暇《ひま》はなさそうだし。放課《ほうか》後《ご》はたいていエマの面倒《めんどう》をみなくちゃいけないの。ママはほとんどいつもＰＴＡの仕事で忙《いそが》しいし、いまはおなかをすかせた人たちに食事の世話をする、ケイトのキッチンっていうグループでもボランティアをしてるの（ママからそこの仕組みを聞いたけど、すごくいい感じよ。でも説明《せつめい》すると長くなるから、それはまた今度）。とにかく、ここまでエマがお昼寝《ひるね》しているあいだに書いたんだけど、いま、エマが部屋《へや》からわたしを呼《よ》んでるの。

行かなくちゃ。

P・S　こっちにくること、考えてみて。お願《ねが》い、お願い。

（この名前すごく気に入《い》ったわ！！！）

じゃね

エリザ☆ベスより

十月二十五日

エリザ★ベス、どうなっちゃってんの！！！！！家族の悩《なや》みを書いてこないなんて、信《しん》じられない。話してよ……知りたくてじりじりしちゃう。

あんたに会いにいくことについて。**そうしたい……コドオヤもそうしたがってる！！！**　でも、うちにそれだけのお金がないのはわかるでしょ。うちの親はひさびさにふたりともけっこうお金をかせいでるんだ（わが家《や》にとっては、ってこと——よそのうちはちがうだろうけど、あたしたちにとっては……いいほうなんだよ）。それでも借金《しゃっきん》せずにすんで、ほんのちょっぴり貯金《ちょきん》ができるって程度《ていど》。まだまだ旅行なんて問題外だよ。それにサラんちはあたしたちを泊《と》められるほど大きくないし（あんたの家はばかでかいんだってこと、指摘《してき》したら怒《おこ》る？　だけど、うちの家族があんたの家にあらわれたりしたら、あんたの親は心臓《しんぞう》マヒを起こすにきまってるよね。わかってる……あんたに決定権《けっていけん》があったら、あたしたちを泊めてくれるってことは）。

じゃ、あたしからのニュース。**オーディションで、役をゲットしたよ……端役《はやく》じゃなくて主役**

エリザ★ベスへ

のひとり……『オズのはらわた』でドロシーをやることになったんだ（カンザスの少女が竜巻《たつまき》にさらわれてオーストラリアにたどりつき、ニワトリに助けてもらうっていう心あたたまるストーリー）。

なんて……ウソ。

じっさいは『一ダースなら安くなる』ってお芝居《しばい》で、これがえらばれたのはたくさんの生徒《せいと》が役をもらえるから。あたしは子育ての達人《たつじん》を両親に持つ十二人きょうだいのひとり、アンの役（うちとはおおちがい――だってうちの親は子育て失敗《しっぱい》の達人だもん）。それで、びっくりなんだけど……最初《さいしょ》の日にあたしをからかった男子、アレックスがあたしの兄弟のひとりをやるんだよ。でね、アレックスはうちの近所に住んでることがわかったんだ。まだあるの……タンクのハンクがあたしのお父さん役なんだ。ま、いいか、父親が若《わか》いのにはなれてるから。

新しい友だちづくりに関《かん》しては、まあまあかな。

みんなよく話しかけてくるようになったよ。

どうやったかわかる？　一日最低《さいてい》十五人にすくなくともひと言は声をかけて、にっこり笑《わら》うことに決めたんだ。

たとえばこんな感じ：

「ハーイ、元気？」「ケチャップまわしてくれる？」（自分がなにを食べていようがおかまいな

し……きのうはアイスクリーム・サンドだったんだ)。「ズボンの前があいてるよ」「歯についてるの、ほうれんそう?」「鼻くそが見えてるけど、知ってた?」

いうまでもなく、あたしは学校一、人気のある生徒《せいと》になりつつある。

なんて、これもウソ。

そんなこといってないってば。

でもわりとさわやか系《けい》でいくと、**これがばっちりなんだ!!!!!!** 新しい友だちもできたしね……でもそのことはまたあとで……これくらいにしておかなくちゃ。バーブが衣装《いしょう》の考案《こうあん》を手伝《てつだ》ってくれるの……学校でハロウィーンのコスプレとお気に入《い》りの本のキャラクター・パーティーを足して二で割《わ》ったようなのをやることになってるんだ(ちょっとガキっぽいけど、楽しそうだから。

『キャット・イン・ザ・ハット』か『ちびっこきかんしゃくん』、それとも『自負《じふ》と偏見《へんけん》』のエリザベス・ベネットのどれかにしようと思ってるところ――ジェーン・オースティンが書いた『自負と偏見』は最近《さいきん》はまってる本。急がなくちゃ……またね。

タラ☆スターより

P・S　気を悪くしそうだからいわないようにしてたんだけど……エマの世話をしなくちゃいけないから、部活してる時間がないってどういうこと？　それってただのいいわけ？　ジャンヌマリーやマーサはどうしちゃったの？　どうしてあんたの親はベビーシッターを雇《やと》わないの？　それになんでエマはまだお昼寝《ひるね》してるの？　どっか悪いの？　退屈《たいくつ》してるの？　すねてるの？　時代おくれじゃない？

エリザベス

十月三十一日

タラ★スターへ

で、ハロウィーンがきたけれど、わたしはどこへも行かないし、なにもしない予定。いまごろあなたはコスプレと本のキャラクター・パーティーを足して二で割《わ》ったもののまっさいちゅうでしょうね。どんなコスチュームに決めたの？　わたしだったら、『キャット・イン・ザ・ハット』か『ちびっこきかんしゃくん』がいいな。怒《おこ》らないでね、でもエリザベス・ベネットはそれほどおもしろくなさそう。もっとも、『自負《じふ》と偏見《へんけん》』はまだ読んでないけど（ついでにいうと、『子鹿物語《こじかものがたり》』を読みはじめたところなの。おもしろくてやめられないわよ）。今年は学校でのパーティーはないわ。ナンシー・ホール（おぼえてる？　通りを行ったところに住んでる子よ）が〝お菓子《かし》をくれなきゃいたずらするぞ〟に妹やいとこを連《つ》れていくから、一緒《いっしょ》にこないかと誘《さそ》ってくれたんだけど、もうそんな年齢《ねんれい》じゃないしね。でも、きょうの午後エマを〝お菓子をくれなきゃいたずらするぞ〟に連《つ》れていったわ。エマがそれ以上《いじょう》は待てなかったので、三時三十分にもう行ったのよ。エマのコスチュームはダウンタウンのマーチのお店で売ってる、あのひどいビニール製《せい》のやつ。エマはがいこつのつもりらしいけど、そうは見えないの。値段相応《ねだんそうおう》ってことかしらね。ママは三ドルで買ったんだもの――きのうの夜の九時になって、エマにコスチュームを用意しなくちゃってやっと思い出してね。

　去年とはおおちがい、でしょ？　うちの家族がフツーだった古き良き時代をおぼえてる？（うちにとってのフツーってことよ。）タラ、あなたのいうとおりだわ。なにか**大変《たいへん》なこと**が起きてるみたい。どうもくさいわ、ほんとよ。いやぁーなにおいがする。鼻をつまんで無視《むし》しようとしたんだけど、そんなことをしてもにおいのもとはなくならない。水がしたたる音を聞くまいとして、バスルームのドアをしめたって、水もれしている蛇口《じゃぐち》を直したことにはならないのと一緒《いっしょ》よ。

　でも去年のことはおぼえているでしょう？　去年はママが九月のうちに、エマとわたしにハロウィーンにはなにになりたいかと聞いたし、十月のなかばにはあの凝《こ》った手づくりのコスチュー

ムが完成してたのよ。去年はママは一日じゅう家にいて、ママをやってたわ。去年はパパだって毎晩《まいばん》六時に帰ってきて、わたしたちと一緒《いっしょ》に夕食を食べてたのよ。あなたがうちのパパのこと、かたくるしいやつだと思っているのは知ってるけど、パパはいつでもエマとわたしのためにいろんなことを計画してくれたわ。それにいちばん重要《じゅうよう》なのは、パパが毎晩、毎週末《まいしゅうまつ》、ちゃんと家にいたってことよ。

で、ハロウィーンにもどるけど、今年はまるっきりちがうの。ママはエマのために、ランタン用のかぼちゃを買うことも忘《わす》れていたのよ。それどころか、〝お菓子《かし》をくれなきゃいたずらするぞ〟用のお菓子を買うことも忘れていたわ。いま、ママは下でガムや口臭予防《こうしゅうよぼう》ミントやりんごや、シリアルの小箱《こばこ》まで、とにかく見つかるものを手あたりしだいに、たずねてくる子どもたちにわたしてるのよ。すっごく妙《みょう》だわ。

というわけ。わたしの家はどうなるのかしら？　もうなにがなんだかわからない。

でも、いくつか不審《ふしん》に思ってることがあるの。

パパが浮気《うわき》しているんじゃないかとあなたが思ってるのは知ってるけど（それってテレビの見すぎよ）、前にもいったように、ぜったいちがうわ。理由《りゆう》はまだよくわからないけど、それだけは自信《じしん》があるの。わたしがすごく自信があるときはたいてい正しいでしょ。

わたしが疑《うたが》ってるのは（自信はないけど）パパとママが離婚《りこん》するんじゃないかってこと。理由は見当もつかないわ。仲が悪そうなことはひと言も聞いていないしね。ふつう、両親が離婚《りこん》するときって、子どもはなんとなくわかるものじゃない。たとえばカーリーなんて、両親が離婚する何カ月も前からお金のことでふたりがけんかしているのを聞いていたわ。カーリーの家の屋根には離婚のネオンサインが光っていたようなものよ。

唯一《ゆいいつ》の手がかりは、うちの家族が去年とはすっかりちがってしまったことと、両親がすごく悲しそうで、自分たちだけの殻《から》にとじこもっているように見えるということ。それを文字にすると**離婚**になるんだと思う。

でもよくわからないわ。

あなたの質問《しつもん》に答えるわね——エマの世話をするのはただのいいわけなんかじゃないわ。あなたもよく知ってるように、マーサは三時に帰るし、ジャンヌマリーが雇《やと》われたのはお料理《りょうり》をするためよ。それに、エマもわたしもベビーシッターなんてほしくないの。エマのためにベビーシッターを雇ってとママに頼《たの》んでもいいんだけど、このごろママはほとんど毎日午後になるとあわただしく出かけちゃうから、なんだかエマがかわいそうなの。エマは混乱《こんらん》しているみたい。それにね、エマはわたしの大切な妹なの。ほかのだれかにまかせるより、自分で世話をしたほうがいいわ。どうせわたしはどこにも行かないんだから、ベビーシッターを雇う意味がないでしょ？　ママにカーリーをわたしのかわいい、わたしのベビーシッターとして雇ってもらうとか？　まさかね。

それにね、タラ、エマがお昼寝《ひるね》するのは四歳《さい》だからよ。たいていの子どもは五、六歳までお昼寝するわ。あなたも妹がいたらわかると思う。エマは幼稚園《ようちえん》で体力を使いはたしちゃうみたいなの。幼稚園がある日は、午後の三時半ぐらいにはまぶたがさがってきてるわ。でも週末《しゅうまつ》はお昼寝しない日もあるのよ。ほんとは六時までお昼寝してもらいたいんだけどね。

ものすごく長い手紙になっちゃった。だけど書いたらすっきりしたわ。直接《ちょくせつ》話しあえたらもっといいのに。バーブは大好《だいす》きだけれど、あなたとしゃべりたいわ。

エリザ☆ベスより

P・S　役をゲットしておめでとう！

P・P・S　友情《ゆうじょう》キャンペーンの調子はどう？

P・P・P・S　ケイトのキッチンのことはまた別《べつ》の機会《きかい》に話すわ。

エリザベス

十一月四日　午後十時六分

タラ★スターへ

これはひそひそレターよ。じっさいにしゃべっていても、ひそひそ声にならざるをえないと思うの。だって夜の十時すぎだし、わたしはその時間には眠《ねむ》ってることになっているから（うちの親、十時にはわたしはベッドで眠ってると思いこんでるのよ）。だから、これは懐中電灯《かいちゅうでんとう》をつけてふとんをかぶって書いているの。それで、ひそひそ声であなたに話しかけているような気分なのよ。

今夜電話してくれて、ほんとにほんとにありがとう。**ありがと、ありがと、ありがと、ありがと！！！**　わたしのかわりにもう一度バーブにもありがとうといっておいてね。わたしの手紙を読んですぐに電話をかけてくれたなんて、信《しん》じられない。電話料金《りょうきん》、高かったでしょ。料金の足《た》しにとバーブにおこづかいを一部わたしたたんじゃない？　ねえ、料金はわたしが払《はら》うわ。封筒《ふうとう》に現金《げんきん》を入れて送ってもだいじょうぶかしら？　次の手紙にコインじゃなくてお札《さつ》をたたんで入れるわね。この手紙には入れないほうがよさそう。ママはまだぴりぴりしてるから、いまは疑《うたが》われるようなことはしたくないの。

タラ、うちの両親のことであなたやバーブと話ができて、どんなに心強かったかわかる？　わたし、すごくさびしかったの。そしてすごく孤独《こどく》だった。エマ以外《いがい》もう家族がいなくなっちゃったような気がしていたの。すくなくともわたしにとって、両親は失《うしな》われたようなものよ（もともとパパは遠い存在《そんざい》だったけど、いまはママとのあいだにも溝《みぞ》ができてるの）。エマのことが心配だわ。わたしひとりで背負《せお》うには大きすぎる問題よ。

バーブがいったこと、本気で考えていたの。カウンセラーのところへ行くべきだっていう話。でもどうかしら。家族のことをママが表《おもて》に出したがらないの、知ってるでしょう。じゃ、ママがキッチンにはいってきて、わたしがあなたやバーブと電話しているところを見つけたあとのことを話すわね。まずいっておきたいのは、ママはわたしのしゃべっている相手があなただったからびっくりしたわけじゃないということよ（ママはあなたが好《す》きだもの。パパだって、それほどきらってるわけじゃないのよ。ママがあわてたのは、わたしがママの考える家庭内のことをしゃべっていたからなの。家庭内のことは家庭内にとどめておくというのがママの考えなのよ。カウンセラーとの相談《そうだん》がむずかしいのも、そのためよ。ママがおろおろしていたのは、夕食時間がすぎてもまだパパが帰ってこなかったせいもあったわ。だからわたしたち、パパぬきで食べたのよ。

電話を切りなさいってママにいわれたあと、わたしがなにをしたかあててみて。信《しん》じないと思うけど、パパと離婚《りこん》するのかってママに聞いたのよ。つまり、単刀直入《たんとうちょくにゅう》に質問《しつもん》したの。「ママ、パパとママは離婚するの?」って。そんな大胆《だいたん》なことを聞けた自分が誇《ほこ》らしいけど、結果《けっか》はちょっとがっかりだった。

ママはいったわ。「いいえ、そんなことはないわ」

だからわたしはいったの。「パパは浮気《うわき》してるの?」

そしたらママはすごく怒《おこ》っちゃって。「いかにもタラがいいそうなことね」っていったあと、泣《な》きだしたの。

だからわたしはいったわ。「ママ、お願《ねが》い。なにが起きているのか話してよ。お願い」

するとママはためいきをついた。「子どもは心配しなくていいのよ」

すくなくとも聞くだけは聞いたわ。

廊下《ろうか》で足音がするから、見つからないうちに手紙は終わりにして懐中電灯《かいちゅうでんとう》を消したほうがよさそう。

パパが帰ってきただけかもしれないけど。

エリザ☆ベスより

P・S　電話ほんとにありがとう。あなたとじかにしゃべれてすごくうれしかった。あなたがいなくてすごくさびしいわ、タラ（バーブもね）。あなたはわたしの親友、これからもずっと親友でいてね。

P・P・S　わたしの気分を明るくしてくれるものがなんだかわかる？　国語で詩の授業《じゅぎょう》がはじまったのよ。で、自分たちで詩を書いているの。すごく落ちこんでいても、詩のことを考えると気分がすこしよくなるわ。

十一月四日　午後十時十分

エリザ★ベスへ

あんたがママに電話を切られたあとすぐ、これを書いてるの。

うおおーん……あんたがかわいそうだよ。

あんなに順調《じゅんちょう》な人生だったのに、信《しん》じられない。

あんたのいまの人生、まるで悪夢《あくむ》じゃん！！！！！！

あたしに魔法《まほう》の杖《つえ》があって、がらりと変《か》えてあげられたらいいのにね。

電話のあと、あたし泣《な》いちゃった。あんたは？

バーブが抱《だ》きしめてくれたよ。

あんたのことも抱きしめてあげてほしかったよ。

いまあたしは自分の部屋《へや》で、あんたがお別《わか》れのプレゼントにくれた特別《とくべつ》なペンでこれを書いてる。

おっと――バーブがはいってきた。いい成績《せいせき》を取ってお芝居《しばい》に出られるよう、いま宿題をやっちゃわないといけないってさ……それに、あしたは何人かと落ちあってリハーサルをするんで、早く学校へ行かなくちゃならないんだ。

その後のこと知らせてね。あんたの家のことがすごく心配なの。

タラ☆スターより

P・S　ちゃんと宿題をやってるかどうか、ルークが見にきた（あたしの親もとうとう、いっぱしの親らしいふるまいをするようになったんだ。信《しん》じられないでしょ）。とにかく、ルークもあんたのところが落ちつくように祈《いの》ってるって。
P・P・S　あんたの親が大変《たいへん》な状態《じょうたい》になってるってのに、うちの親が親らしくなってきたことなんか書いたりしたけど、気にしないでね。うちの場合はすごくブキミだけど。

十一月八日

エリザ★ベスへ

いまあんたの〝ささやき〟レターを読んだとこ……で……これは〝絶叫《ぜっきょう》〟レター！
あんたの問《と》いに答えて：

1　電話料金《りょうきん》のことは気にしないで。ただあんたに毎日……一時間ごとに……一分ごとに電話できるぐらいうちにお金があればいいと思うけどさ。

2　あんたのママはすっっっっごくまちがってる。（こんなことといっても怒《おこ》らないでほしいんだけど、でも……すっっごくまちがってるよ。）ぜったいカウンセラーに相談《そうだん》すべきだって……でなけりゃ先生に（信頼《しんらい》できそうな先生、いる？）。去年一緒《いっしょ》に遊んでた子たちと仲良くしてみれば？……そうすればすくなくとも行く場所ができるしさ、ときどきは家から離《はな》れられるじゃない。エマには一緒に遊ぶ友だちがいないの？　いればあんただってずっとエマにつきっきりじゃなく

てすむじゃん。
うおおーん！

3　あんたのお父さんがあたしのこと〝それほどきらってるわけじゃない〟なんて無理《むり》しないでいいよ。だってほんとにあたしのこときらいなんだもの……あたしの親のこともきらってるんだよ。ほら、いつだったかくどくどといいつづけてたじゃない、あたしの親が若《わか》すぎたとか、もっと〝待つべき〟だったとか、あたしがその〝二《に》の舞《まい》〟にならなければいいが、とか。お父さんはよく思っていないんだよ……それにあたしの親が結婚《けっこん》したのだって、できちゃった婚だと思ってるんだ。まるであたしが〝お荷物《にもつ》〟みたいないいかたしてたしさ。だからね、もうとにかく、いいんだってば！　お父さんがあたしを気に入《い》ってるみたいなふりすることないよ。あたしに気をつかわないで……そうでなくたってあんたは自分の家で気をつかってるんだから。

4（〝絶叫《ぜっきょう》〟はもうやめて、ここからはいつもの調子にもどることにした。）詩の授業《じゅぎょう》が気に入ってよかったね。あんたの人生にいいものもあってほっとしてるんだ。

どういうことになってるのか、早く手紙で知らせてね。あんたのことが心配だよ。

タラ☆スターより

P・S　気づいたかもしれないけど、あたし〝うおおーん〟ていうようになったんだ。こっちの演劇《えんげき》グループの子たちがよく使う言葉なんだ。〝ふへ〟もよく使う言葉だから、そのうち〝ふへ〟もいいはじめるかも。あたしはみんなに〝うきゃ〟を教えた……あたしたちしょっちゅう〝うきゃ〟っていってたの、おぼえてる？　とにかく、あんたも〝うおおーん〟や〝ふへ〟を使うといいかもね。このグループの仲間みたいな気分になれるんじゃない。……ねえ、エリザ★ベス、すごくいい子も何人かいるし……あんたも気に入《い》ると思うんだ……その子たちもあんたのこと好《す》きになるよ、ぜったい。

十一月十一日　午後四時二十二分

タラ★スターへ

手紙二通《つう》とも受け取ったわ――電話のあとにあなたが書いたのと、わたしのささやきレターを読んだあとに書いたのと。わたしも絶叫《ぜっきょう》レターを書きたい気分だけど、くたくたで絶叫モードに切りかえる元気もないの。

ママがケイトのキッチンに行っているので、またエマの世話をしているところよ。エマの世話はほんとに好《す》きなの。

ケイトのキッチンのこと、まだ説明《せつめい》していなかったから、いまからするわね。食べ物（や、おむつ、赤ちゃん用品、せっけん、シャンプーなど）を集めて、困《こま》ってる人に配る組織《そしき》なの。ケイトのキッチンにきて必要《ひつよう》なものをもらってもいいし、うちのママみたいなボランティアが、高齢《こうれい》だったり病気だったりして家を出られない人のために、いろいろつめたバスケットを届《とど》けることもあるのよ。毎日食事を届《とど》けてもらう人もいるわ。祝日《しゅくじつ》には七面鳥《しちめんちょう》のディナーを用意するの。すてきな団体《だんたい》よ。一度手伝《てつだ》いをしたことがあるの。またやるかもしれない。ママがあそこで働《はたら》くのが好《す》きなのもよくわかるわ。

詩の授業《じゅぎょう》は**すごくすてきよ**。大好きだわ。近ごろのわたしの生活でいちばんいいものね。寝《ね》てもさめても詩をつくって、ノートにつけてるの。今朝《けさ》、めざましが鳴った直後に書いたのがこれよ。

時間とは終わりなきもの。
時間こそが時計の針《はり》を進め、
教会の鐘《かね》を鳴らす。
ああ、時間よ！　終わりなきものよ。

どう思う？
演劇《えんげき》グループ、すごくよさそうじゃない。生徒《せいと》たちもよさそうだし。あなたの新しい友だちなの？　あなたが新しい友だちをつくらなくちゃならないのはわかっているけど、でも……ちょっと嫉妬《しっと》してるの。どうしてもそういう気持ちになっちゃうのよ。毎日会ってた親友のころは楽しかったわ。わたしもそのうち〝うおおーん〟とか〝ふへ〟とかいいだすかもしれないけれど、まだ先になりそう。なんかしっくりこないの。なじまないってこと。

ちょっと待ってて。エマがここにいるんだけど、ジュースをほしがってるの。

さあ、いいわ。

両親の問題だけど、パパの仕事と関係《かんけい》があるのよ。それだけはたしか（あんなにおそくまで帰ってこないのは、ほんとに会社にいたんだと思うわ）。なぜわかるかっていうと、このふた晩《ばん》ぐらいママがパパのところに電話して、ふたりでパパの上司《じょうし》のことや、会社のこと、仕事のこと、その日あったことなんかをしゃべっていたからなの。ママはパパに〝なにかあったの〟と何度も聞いてたのよ。すごく神経質《しんけいしつ》になっているみたい。パパは前より早く（九時ごろ）帰ってくるようになったけど、パパも神経質になってるわ。そしてパパとママは仕事の話をまたするの。わたしはふたりの邪魔《じゃま》にならないよう、静《しず》かにベッドに行くことになってるってわけ。

待って、またエマがきた。今度はコンピューターでなにかやりたがってる。おもしろそう。

hp Usmlrrd@@@@@ nsffiz somymp noh yhomh *NTPMC* NP,NRTD 07 USU

VVVVVVVVVVVVVVVVVVVVVVVVVVVVVVVVVVVVVVVVVVVVVVVVVVVVVVVVVVVVVVVVVVVVVVV

どういう意味なのって聞いたら、こうなんだって。「ハーイ、タラ・スター！　会いたいな。いつかまたこれる？　ハロウィーンにキャンディと二十五セントもらったの」

このへんにしておくわ。宿題があるの。またすぐ書くわね。

エリザ☆ベスより

P・S　ねえ、両親がすっかり責任感《せきにんかん》のある大人《おとな》になったんだから、あなたにペットを飼《か》わせてくれるんじゃない！！！！！

十一月十五日

エリザ★ベスへ

うおおーん！　ふへ！　うきゃ！
あんたの家、ほんとに大変《たいへん》そうだね。
あたしの考え‥

1　あんたのお母さんはケイトのキッチンに入《い》りびたるのをやめて、自分の子どもたちの面倒《めんどう》をみたほうがいいかも。

2　よかったね、詩を書くのが楽しくて。楽しくなれるものがひとつもないんじゃないかって、心配しはじめてたんだ。あんたの詩について。すごくいいよ。あたしはいまっぽい詩のほうが好《す》きなんだけど、あんたのはすごくすてき。

3　うおおーんうおおーん！（ダブルだよ）あんたのお父さんの仕事、まずいことになってそうだね。父親が失業《しつぎょう》するんじゃないかって不安になるの、すごくよくわかるんだ。おぼえてるでしょ、ルークがいつも転職《てんしょく》ばかりして――でなけりゃ、失業して――お金がなくて困《こま》ってたこと？……ああ、エリザ★ベス、ひょっとしてお金の心配を――住む場所の心配も……借金《しゃっきん》取りが電話をかけてくるんじゃないかって心配もしなくちゃならなくなるのかな（うちがそうだったときのこと、思い出すよ）……でもさ、あんたの家は昔のあたしの家とはぜんぜんちがうよ。きっとたくさん貯金《ちょきん》があるはず（ところで――きのうルークがいったんだ、家の玄関《げんかん》ドアと部屋《へや》ひとつを買うぐらいの貯金ができたって（ただし、頭金《あたまきん》なんだとさ！！！！）。

4　大好《だいす》きだよってエマに伝《つた》えて。あたしがコンピューターを持ってたら、エマあてのメッセージはこうなる。x qlrv jxa,guu

＊あたしもあんたが大好きだよ、って意味。＊

5　あんたがペットのことをいうなんて、できすぎ！　信《しん》じらんない。じつはきのうバーブがあたしに、弟か妹ができたらどう思うって聞いたの。なにもいわないうちに（じつは床《ゆか》に倒《たお》れて、死にそうに胸《むね》をかきむしったんだ）バーブはこういったんだ。「やあね、ちょっと聞いただけよ。それより子犬かハエジゴクにしたほうがいいかもね……」ジョークだったのかどうか、不明。

6　あたしの友だちについて――やきもちなんか焼《や》かないで。いいたいことはいっぱいあるけど、いっていいのかどうかわからないんだ。だってあんたはもうそんなに悲しい気持ちでいるんだもの。

さて、これぐらいにしなくっちゃ。
お芝居《しばい》の稽古《けいこ》と……宿題がどっさりあるんだ（お芝居をやる人は先生たちもちょっと〝大目《おおめ》に見て〟くれてもいいと思わない!?）。

いつもの
タラ☆スターより

エリザベス

十一月十九日

タラ★スターへ

赤ちゃん?　**赤ちゃんですって??!!!**　嘘《うそ》でしょ?　バーブ、本気だったの?　もう、つきとめなくちゃだめよ。興奮《こうふん》しちゃう!　最高《さいこう》よ、最高のニュースだわ!!!　タラ、あなただって弟か妹がほしくなるわ。ぜったいよ。エマのことだって大好《だいす》きなんだもの。すごくいいお姉さんになれるわよ

十一月二十日　午後十時七分

タラ★スターへ

きのうの手紙のつづきを書く暇《ひま》がなかったの。赤ちゃんのことですっかり興奮《こうふん》しちゃった……そうしたらパパが会社から帰ってきたの。五時だったわ。どういうわけだと思う？　リストラされたの。クビってことよ。パパはリストラとクビとじゃちがうっていってるけど。会社でなにかがあって（説明《せつめい》してくれたけど、よくわからなかった）管理職《かんりしょく》四十人がリストラされたの。四十人も。それも感謝祭《かんしゃさい》が目前《もくぜん》だっていうのに。パパはデータ・プロ社で十七年間働《はたら》いてきたわ。ママと結婚《けっこん》する前からよ。

わたしパパにいったの。「じゃ、ほかの仕事をすればいいんじゃない。新聞の求人欄《きゅうじんらん》を見てみれば？」

そしたらパパはいったの。「ハニー、まず最初《さいしょ》にいっておくが、年収《ねんしゅう》二十五万ドルの仕事は求人欄なんかにはのらないんだ」（パパの年収が二十五万ドルもあったなんて知らなかった。大金《たいきん》じゃない）「第二に、いまはパパと同レベルの三十九人――データ・プロだけで――が、パパが求《もと》めているのと同じようなつとめ先をさがしているんだ。そんな仕事はざらにはない」

そこまでは気づかなかったけど、わたしはいったわ。「でもパパ、年収が二十五万ドルもあったんでしょ。だったらうちにはいっぱい貯金《ちょきん》があるわね（あなたが手紙に書いていたことをおぼえていたのよ）。もう引退《いんたい》しちゃったっていいじゃない。楽しそうだもの」するとパパは首をふって背中《せなか》をむけ、部屋《へや》を出ていっちゃったの。まだわたしの知らないことがいろいろあるんだと思うわ。

パパは自分でウォッカ入りの飲み物をつくり――というか、ただ氷の上にウォッカをついだだけだと思うけど――ママとふたりで居間《いま》に行って話をしはじめたの。

わたし盗《ぬす》み聞きしたのよ。エマとわたしが居間にいたら邪魔《じゃま》だってわかっていたから、エマを書斎《しょさい》に連《つ》れていったの。お話を読んであげるといったんだけど、じつは絵本をひとりで見させておいて、ふたりの話に耳をすませていたのよ。パパは手当てが出るとかいっていたわ。手当てって病気の人のお世話をすることでしょ。どこか体でも悪いのかしら。手当てがあれば、預金高《よきんだか》をふやせるってパパはいってたけど、ママが、それじゃどうやって生計《せいけい》を立てるのっていったの。どうやって生計を立てる？　タラ、うちは貧乏《びんぼう》じゃないはずよ。きっとわたしが聞きのがしたことがあるんだわ。

夜寝《ね》るころにはエマもなんとなく妙《みょう》な雰囲気《ふんいき》に気がついて、ぐずっていたわ。だから特別《とくべつ》な詩を書いてあげるっていったの。俳句《ハイク》を習っているところだから、こんなのを書いたのよ。

子ネコちゃん　靴《くつ》にはいって　べろ二つ

エマは靴の中に子ネコがいるのが気に入《い》ったけど、靴にべろがあるのを知らなかったから、かけ言葉は通じなかったわ。でも……安《やす》らかな気持ちで眠《ねむ》ったみたい。
これからもうちのこと、知らせるわね。
お芝居《しばい》はどんな調子？　バーブとルークは元気？
バーブに赤ちゃんのこと聞いてみて、ぜったいよ。
ふへ、十時半をすぎちゃったから、もう寝《ね》なくちゃ。
あなたがいなくてさびしいわ。

エリザ☆ベスより

十一月二十三日

エリザ★ベスへ

ふへ！　ふへ！　ふへ！

ふへが百万回！

なんていったらいいのかわからない。

ひっっっっっど〜い！

今朝《けさ》起きたら（寝坊《ねぼう》した）、バーブがあんたからの手紙がきてるっていったんだ（バーブはいつもあんたからの手紙をキッチンテーブルにおくんだけど——きのう、あたしは帰りがおそくて、すっっっごく疲《つか》れてたから手紙が目にはいらなかったの……家に帰ってまっさきに手紙がきてるかどうかたしかめなかったことなんて、これまで一度だってなかったのに、それがとびきり悪いニュースだったなんて、信《しん》じらんない）。

もっと早く読まなくてごめんね。でもきのうはすっごく忙《いそが》しかったんだ……まずキャンディス――芝居《しばい》であたしの妹を演《えん》じる子――としゃべってた罰《ばつ》として居残《いのこ》りさせられたし……そのあと何人かの生徒《せいと》と夕食にミッキー・Dに行ったの（こっちではマクドナルドのことをそう呼《よ》ぶんだよ）。そのあと芝居の稽古《けいこ》があったんだけど、せりふをおぼえていない子がいたので予定の時間をオーバーしちゃったんだ。それが終わったらアレックスのお父さんがアレックスとあたしを家まで車で送ってくれた（最高《さいこう》に青い目をしてるっていったっけ？　アレックスのことだよ、お父さんじゃなくて）。

でね、エリザ★ベス――自習の時間になってすぐに手紙を読んだの（理科の教科書で隠《かく》して）。びっくりしたよお！！！！　あたしがこんなにび

つくりしたんだから、あんたがどんな気持ちになったか想像《そうぞう》もつかない……あ、やばい！　自習監督《かんとく》のクロス先生が、ほんとに勉強をしてるかどうか調べるっておどしてる（というのも、ひそひそ声でおしゃべりしたり、手紙をまわしたり、戦艦《せんかん》ゲームをしたりしてる生徒《せいと》がいるからなんだけど）……クロスって名前の人って、たいていいつも不機嫌《ふきげん》て感じだよね。（注1）（あのさ：クロス先生の双子《ふたご》の妹が、先生のだんなさんの双子の弟と結婚《けっこん》したら、二組合わせてダブルクロスってことになるのかな？）（注2）

もうこのくらいにしておいたほうがいいみたい……ミッキー・Dでの夕食と芝居《しばい》の稽古《けいこ》のあいだにポストに入れるね。

心配している

タラ☆スターより

P・S　長い手紙はまたあとで

十一月二十三日

エリザ★ベスへ

この手紙はあとで書いてるんだ（あんたのお父さんがクビになったのを知った日の夜）。バーブとたったいま長い話をしたところ。

いくつか質問《しつもん》があるんだけど。

1　あたしたちがあんたに電話してもだいじょうぶかな。お父さんが怒《おこ》る？

2　感謝祭《かんしゃさい》の休みにこっちへこない？　バーブ&ルークが、あんたの飛行機代《ひこうきだい》をうちの貯金《ちょきん》から

（注1）英語のクロスには不機嫌《ふきげん》という意味がある。
（注2）ダブルクロスは裏切《うらぎ》りという意味。

出してもいいっていったんだ（あたしはミッキー・Dでの夕食をあきらめるし）。

3　そっちでだれか話し相手になる人、見つかった？――先生とかカウンセラーとか。

4　エマはなにが起きているのか理解《りかい》してるの？

5　お母さんはまだぴりぴりしてる？

6　お母さんはケイトのキッチンでのボランティアをやめて、仕事につくかな？

7　〝手当て〟ってなんのことだかわかった？　バーブがいうには管理職《かんりしょく》がクビになったらもらうお金や特典《とくてん》のことだって。手当てがもらえるのは〝重要人物《じゅうようじんぶつ》〟だけで、バーブやルークみたいな並《な》みの人はもらえないらしいよ。そういう人がもらうのはピンクのスリップだけだってさ（これ、下着じゃなくて紙切れのことだよ）。

8　だいじょうぶ？？？？？

9　あたしになにができるか教えて。

タラ☆スターより

P・S　バーブは、赤ん坊《ぼう》がいてもいいかなって思っただけで、バーブもルークも本気じゃないっていったら、がっかりする？――でも〝実践《じっせん》しつづけてる〟から、子どものつくりかたを忘《わす》れたわけじゃないって（バーブって、ときどきすっっっごくきわどいことをいうんだ）。

エリザ★ベス――あたしが毎日どうしてるかとか、家族や友だちのこととかをしゃべったり、［冗談《じょうだん》いったりしていいのかな？　わからないんだ――こっちの子たちのことを話すべきなのかどうかわからないの（あんたに知らせようとその子たちのことについて書いてたんだけど――それを送るべきかどうかわかんなくなっちゃった。どう思う？）

P・P・S　あんたの俳句《ハイク》についてー―靴《くつ》や子ネコにあるのはべろだけじゃなくて、魂《たましい》（ソウル）と靴底《くつぞこ》（ソウル）もだよって、エマに教えてあげてよ。

P・P・P・S（それともP・S・S・Sかな）あんたがここにいたらいいのになあ。

エリザベス

十一月二十七日　午後二時十五分

タラ★スターへ

きのうは感謝祭《かんしゃさい》で、たったいまあなたの手紙を受け取ったところ。手紙がまにあったとしても、感謝祭にそっちへ行くのは無理《むり》だったと思うわ。でも呼《よ》んでくれて、ほんとに、ほんとに、**ほんとうに**ありがとう。とりわけバーブとルークが飛行機《ひこうき》のチケット代の足《た》しに貯金《ちょきん》を使ってもいいといってくれたこと、とっても感謝してるわ——家のために貯金している最中《さいちゅう》で、裏口《うらぐち》のドアの頭金《あたまきん》が必要《ひつよう》だってときなのに。あのね、もしも感謝祭にそっちへ行くことができたなら、ちょっとお金を借《か》りる必要があったかもしれない。わたし、うちの経済状態《けいざいじょうたい》がどうなってるのか、つきとめようとしているところなの（経済——お金のことを聞こえよくいうとこうなるのよ。うちの両親は一時間に千回ぐらい使ってるわ）。でも、一番の問題は、うちがすごく大変《たいへん》な状態になってるってこと。なにが起きたのかよくわからないけど、なんだかパパとママは、パパがかせいだお金をあんまり貯金《ちょきん》してないみたい。ママはパパに、高すぎる家を買ったことや、お金が全部維持費《いじひ》に流れていることを何度もいってるの。ママがいう〝維持費〟っていうのは、たぶんジャンヌマリーやマーサや庭師《にわし》やインテリア・デザイナーやプールの清掃員《せいそういん》なんかに払《はら》うお給料《きゅうりょう》のことだと思う。それだけじゃないの――これはいっちゃいけないことに決まってるから、バーブやルークにもぜったいいわないで――この家、六十万ドルもしたらしいの。これじゃ二十五万ドルの年収《ねんしゅう》もたいした金額《きんがく》じゃなく思えてくるわ。ろくに貯金もないうえに、お金をかせぐ人がいなくなっちゃったら、いったいどうなるのかしら？　パパはまだ家のローンを払《はら》っているのよ。ママがうちは莫大《ばくだい》なローンをかかえているといってたわ。引っ越《こ》さなくちゃならなくなるのかしら？

タラ、こういうことを考えると、わたしおなかのあたりがおかしくなってくるの。おなかで思い出した（食べ物を連想《れんそう》しちゃうから）ねえ、聞いてよ。きのうは毎年恒例《こうれい》の、わが家《や》の感謝祭《かんしゃさい》パーティーだったわ。いつもどおりパパはずっと前からその計画を立てていたの――お客さんが三十人、巨大《きょだい》な七面鳥《しちめんちょう》、そしてこれまでで最高《さいこう》にぜいたくなディナー。パパは家族の体面《たいめん》をたもつためにもそうするんだといいはったわ。パパがクビになったことはお客さんたちには内緒《ないしょ》だった。ぜいたくに暮《く》らしているんだって自分の両親に見せびらかすのが、パパにはいつも重要《じゅうよう》なのよ。だからすごくリッチで、わざとらしくて、おおがかりで、豪華《ごうか》なディナーを食べたの。パパは自分の両親にもほんとうのことをいわなかったのよ。どうやって費用《ひよう》を全部払《はら》ったのか不思議《ふしぎ》だわ。

じゃ、このくらいにしてあなたの残《のこ》りの質問《しつもん》に答えさせてね。

イエス、電話してくれるのはだいじょうぶよ。パパは怒《おこ》ったりしないわ。よろこびもしないでしょうけどね。ふたつだけおぼえておいて。1　もう働《はたら》いてないから、パパはほとんどいつも家にいるの。だからパパが電話に出るかもしれない。2　**あなたに書いた経済状態《けいざいじょうたい》のことはぜったいにしゃべらないで。これは家族だけの深刻《しんこく》な秘密《ひみつ》なの。だれにもいわない誓《ちか》いを立てたようなものだから。**でも、あなたやバーブとはまたおしゃべりしたいわ。あなたからの電話があったあと、すご～く気分が晴れたの。

エマについて。ううん、なにが起きているのかエマはわかっていないわ。なにかよくないことが進行中なのは気づいているけど、〝クビ〟の意味も知らないし、経済状態なんてわかりっこないもの。エマが知っているのは、いまはパパが一日じゅううちにいるってことだけよ。はじめはすごく興奮《こうふん》してたけど、いまはパパをさけようとしてるの。わたしもよ。察《さっ》しはつくと思うけど、パパは上機嫌《じょうきげん》じゃないから。きょうなんてまだパジャマを着替《きが》えてもいないの。

ええ、ママはまだぴりぴりしてると思う。それも当然《とうぜん》よね、だって…

1　うちにはあまりお金がない。

2　パパが一日じゅううろうろしてる。

3　パパはほかの仕事につく気がない。

4　住む家がなくなるかもしれない。

5　酒屋さんの配達《はいたつ》代がたくさんたまっているらしい。

6　ママはデータ・プロ社を憎《にく》んでる。

7　ママはこわがっている。

最後《さいご》の答えが、ママがぴりぴりしている一番の理由《りゆう》じゃないかしら。すべて説明《せつめい》がつくもの。

それにね……わたしもこわいの。だからママの気持ちがなんとなくわかる。

ママがケイトのキッチンでのボランティアをやめるつもりかどうかはわからないわ。毎日行ってるの。感謝祭《かんしゃさい》の日も数時間行ってたのよ（むしろ、パパがクビになってからはあそこですごす時間がふえたみたい）。ママが仕事につくかどうかはわからない。ママはつきたがってるけど、パパはあいかわらずママが働《はたら》くのをいやがってるの、特《とく》にいまはね（ママが働かなくちゃならないって他人に思われたくないのよ）。ママに聞いてみることはできるけど、いまはそういう微妙《びみょう》な質問《しつもん》はちょっとね。

手当てについては、不明のまま。でもバーブのいったことはつじつまが合ってる。もしもクビになったときにパパがいくらかお金を受け取ったのなら、その手当てでうちの預金《よきん》をふやそうといったわけがわかるもの。それで貯金《ちょきん》をはじめようという意味だったんだと思うわ。でもそうだとするとママのいうとおりよね――そのお金を貯金しちゃったら、どうやって生活するの？？？

うん、わたしはだいじょうぶよ、たぶん。どういえばいいのかほんとにわからないの。こわいし、悲しいし、これからわたしたちがどうなるのかさっぱりわからない。パパがほかの仕事を見つけたら、それですべてが変《か》わるはず。でも年収《ねんしゅう》二十五万ドルもくれる仕事が見つかるかしら？そんな仕事はたくさんはないわ。でも月曜になったら職《しょく》さがしをはじめるでしょうね。わたしはエマがいてジャクソン先生がいて（国語の先生）、詩があるだけでうれしいわ。ジャクソン先生ってすごくすてきなの。

あなたはどうすればいいかって？　**手紙を書きつづけて！！！**　あなたの手紙をすごくすごーく楽しみにしてるわ。見落としてないかって毎日郵便《ゆうびん》を調べてるのよ。あなたとバーブが電話してくれるなら、すばらしいわ。

ねえ――バーブとルークに実践《じっせん》はいいから本気になるよういって！　あなたに弟か妹ができてほしい。お姉さんになってみなくちゃそのすばらしさはわからないからね。

エリザ☆ベスより

P・S　もちろんお芝居《しばい》や友だちの話をしてくれなくちゃ。わたしのとはちがう生活があることを知りたいの。それにいまのところあなたの人生は完璧《かんぺき》みたいだもの。

12／2

エリザ★ベスへ

ああ、エリザ★ベス。

悪いニュースだよ。

めちゃくちゃ悪い。

あんたのニュースも悪かったけど。

でもいまからもっと悪いニュースを伝《つた》えなくちゃ（すんごく悪いんだから！！！――しかもまだはじまったばかり！！！）。

きょう、学校が終わるとすぐに大急ぎでうちに帰ったんだ（衣装《いしょう》のひとつを忘《わす》れちゃったのさ――あたしがすごく忘れっぽいの知ってるでしょ）そしたら手紙がきてた。すぐまた学校にもどるつもりだったんだけど、手紙を読んだの。そしておなかにくる風邪《かぜ》でうちにいたバーブに見せたんだ。バーブと話しあったあと、あたしはすぐあんたのうちに電話した。お父さんが出たので、「エリザベスはいらっしゃいますか？」と聞いたの（礼儀《れいぎ》正しくしようとすっごく気をつかってね）。「どなた？」と聞かれたから、「タラ★スターです」って答えた。そしたら、いじわるそうな、なんかはっきりしない声で、「なんの用だ？」

なんていったらいいのかわからなかったから、いつもみたいに、ちょっとふざけてかわそうとしたの。「女の子同士《どうし》のいろいろ」

お父さんはこういったんだ。「あいかわらず、まったくおろかしい子どもだ……とにかくエリザベスはいまいないんだ」

いつもどるかとたずねても、なんにもいわなかった。

なにか飲んでるみたいにグラスの中で氷が鳴る音が聞こえた気がする。

あたし、くりかえしたんだ。「いつもどりますか？」

「わからん」お父さんはどなった。ほんとにどなったんだよ。「われわれにうるさくつきまとうのはやめてくれ」

そして電話を切ったの。一方的《いっぽうてき》にガチャンと。

あたしは受話器《じゅわき》をつかんだまま泣《な》きだしちゃった。バーブにそのことをいったら、バーブはあたしから受話器を取っていったん切り、リダイヤル・ボタンをおしたんだよ。

またお父さんが出た。

お父さんはバーブに余計《よけい》なことに首をつっこむなといってから、今後連絡《れんらく》はしないでもらいたい、おたくの子はうちの娘《むすめ》にふさわしい友だちじゃない、足をひっぱるようなまねはやめてくれっていったんだよ。

バーブは怒《おこ》った――バーブってめったに本気で怒らないけど、いったん怒ると――すごいんだから！！！

氷みたいにひややかな声であんたのお父さんにこういったんだ。「おたくのお嬢《じょう》さんとうちの娘はいい友だち同士《どうし》なんですよ。友情《ゆうじょう》とは、尊敬《そんけい》とはどういうものか、ちゃんと知ってます」
そしたらあんたのパパはなにかひどいことをいって、電話を切ったんだって。
こわいよ。
あたしたちが電話したあと、お父さんにどなられなかった？

お父さん、酔《よ》ってたの？

あたしたちが電話したこと、あんたにいった？

この手紙がちゃんと届《とど》くといいんだけど。差出人《さしだしにん》をカレン・〝ゲロゲロ〟・フランクにしておいたよ（あんたのお父さんのお気に入《い》りだったから）。お父さんにはカレンは引《ひ》っ越《こ》したんだといえばいい。

ほんとにもう行かなくちゃ。稽古《けいこ》にすごくおくれちゃったから、監督《かんとく》にとっちめられるかも。バーブが学校まで車で送って、監督には家で緊急事態《きんきゅうじたい》が起きた／起きているといってくれるって。

でもその前にバーブがひと言《こと》書きたがってるの。

タラ☆スターより

エリザ★ベスへ――

わたしたちはあなたのことを思っているからね。いつでもいいから、遠慮《えんりょ》なくコレクト・コールで電話してね。料金《りょうきん》はうちがもつわ。
それからお願《ねが》いだから、話し相手になって、あなたを助けてくれそうな人を見つけてちょうだい。

バーブより

十二月七日

エリザベス

タラ★スターへ

きょうは真珠湾攻撃《しんじゅわんこうげき》(注)の日。戦争《せんそう》のまっただなかにいるみたいな感じだから、気分はぴったりよ。

手紙ありがとう、それにバーブからのも。パパのことはごめんなさいという以外《いがい》、なんていったらいいのかわからない（あなたが電話してくれたなんて知らなかったの。パパはなにもいわなかったから）。あなたとバーブにパパが失礼《しつれい》な態度《たいど》を取ったこと、あやまるわ。あわれなパパ。

あなたがパパとしゃべっていたときに聞いたのは、まちがいなくグラスの中の氷の音よ。ペプシかなにかだったのかもしれないけれど、アルコールの可能性《かのうせい》のほうが大きいわ。アルコール。無視《むし》できないほどたくさんアルコールがうちにあるんだもの。前はパパは夕食前に一杯《ぱい》飲むだけだったの。それが夏のあいだに食前の一杯だけじゃなく、夕食どきにもワインを飲むようになって、九月にはいると、食前に一杯《ぱい》、夕食どきにワイン、そして夕食後にも何杯か飲むようになったのよ。いまじゃ昼間も飲んでいるわ。

きのうエマがパパがこわいっていったの。パパはわたしたちに手をあげるようなことはしないから、そういう意味じゃないの。でも、飲んでいると別人《べつじん》みたいになるのよ。今朝《けさ》、幼稚園《ようちえん》に行く用意をしていたとき、エマはそのことをすごくじょうずにこう表現《ひょうげん》したの。「もうひとりのパパ」って。

でもね、いい話があるんだけど。わたしすごくいいことをしたのよ。きのうしたの（あなたとバーブなら、きっとほめてくれると思う。ほめられたくてやったんじゃないけど）。

パパがこわいとエマがいったあと、うちのことをどうしてもだれかに話さなくちゃいけないと思いはじめたの。バーブがカウンセラーに相談《そうだん》したらどうかしらといってくれたのを思い出して、ホルツ先生に会いに行こうと決心したのよ。前はあんまり助けになってくれなかったけれど（すごく役立たずなんだもの）あのときは、たいした相談ごとじゃなかったからかもしれないしね。

カウンセラー室に着いたら、そうね、七人くらいの生徒《せいと》が待合室《まちあいしつ》にいたわ。おまけにカウンセラー室のドアは全部あけっぱなしなの。ホルツ先生の部屋で話をしてる子はいなかったから、すぐはいるようにいわれたわ。そしてわたしがはいっても……ドアをしめなかったのよ。椅子《いす》にすわ

（注）一九四一年十二月七日（日本時間の八日）、旧日本軍《ぐん》がハワイの真珠湾を奇襲《きしゅう》攻撃し、アメリカとの太平洋戦争《たいへいようせんそう》が始まった。

ったけれど、そばのドアはあけっぱなしで、カレン・フランクたちがすぐ外にいたの。「それで……どんなことかな？」ホルツ先生はそういってから、自分がその質問《しつもん》を発明したみたいに笑《わら》ったわ。

わたし、待合室《まちあいしつ》のほうをちらっと見たの。それからドアを見たら、刺繍《ししゅう》入りの布《ぬの》でくるんだレンガでつっかえをしてあったのよ。ドアにスーツをぶらさげてあるから、しめるわけにいかないの。タラ、ほかの子たちに聞こえちゃうような場所で、パパのことや仕事のことやアルコールのこと、家を手放さなくちゃならないかもしれないことを話せると思う？　そんなことをしたら、両親に殺《ころ》されちゃうわ。おまけにホルツ先生ったら、楊枝《ようじ》で爪《つめ》の掃除《そうじ》をしてるのよ。だから、わたしいったの。「あの、来年の授業《じゅぎょう》の相談《そうだん》をしたいので、予約《よやく》できますか？」ホルツ先生は予約をしてくれたわ（一月にね）。

カウンセラー室を出たあと、泣《な》きたい気分だった。でも泣くまいとしながら歩いていたら、ばったりジャクソン先生に会ったの。どうかしたの、と聞かれたからたぶんすごい顔をしてたんだと思うわ。わたし大きく深呼吸《しんこきゅう》してから、いったの。「あの、お話しできますか？」

先生はわたしの肩《かた》を抱《だ》いて、いったわ。「もちろんよ。わたしのオフィスに行きましょう」

オフィスに着くと、先生はすぐにドアをしめたの。わたしの口から言葉が飛《と》びだしたわ。「父がクビになったんです。失業《しつぎょう》しちゃったんです」

そうしたらどうしたと思う？　ジャクソン先生はいったの。「まあ、お気の毒《どく》に。わたしの夫《おっと》も六年ほど前に失業《しつぎょう》したのよ。数カ月は大変《たいへん》だったけれど、クリスマスには次の仕事が見つかったわ。最高《さいこう》のクリスマスだったわ」

お酒のことや、経済状態《けいざいじょうたい》のことは話さなかったけれど、わたしはすこし気が晴れたの。ときどき相談《そうだん》にきてもいいですかと聞いたら、先生はもちろんよ！　といってくれたのよ。すてきでしょ？

このくらいにしておくわ。ママには頼《たの》まないで、学校へ行く途中《とちゅう》でこの手紙をポストに入れるつもり。パパの目にとまるかもしれないし、そしたら……なんでもない。パパが見たら、投函《とうかん》されずじまいになっちゃうかもしれないでしょ。

お芝居《しばい》はどんな調子？

バーブはもう妊娠《にんしん》した？（ただのおなかをこわす風邪《かぜ》ってほんと？）

エリザ☆ベスより

十二月十五日

エリザ★ベスへ

返事がおそくなってごめん。すっごく忙《いそが》しかったんだ（あと、あんたになんていえばいいのかわからなかったし）。

ほんとに戦争《せんそう》みたいだね……安全な教室の中でどこか外国の話を読んでるみたいな気がしちゃった――すごく遠くの非現実的《ひげんじつてき》なできごとのような気がしたんだ。でもそうじゃないんだよね、その〝外国〟にいるだれかはあたしの知りあいどころか――あんたなんだから！！！

あんた――世界で一番の友だちのひとり、エリザ★ベス――だから、どうすればいいのか、なんていえばいいのか、わからない。

こっちの話はしないほうがいいんじゃないかって思う――だってすごくハッピーですごく快適《かいてき》なんだもの（あたしが書く手紙を見たら、最後《さいご》にはほうりだしたくなるよ。こっちの生徒《せいと》たちのこと、学校のこと、お芝居《しばい》、パーティー、楽しいことしか書いていないから)。そりゃ完璧《かんぺき》じゃないけどね——転校生《てんこうせい》だってことは楽《らく》じゃないし——生まれ変《か》わったみたいにすっっっごく責任《せきにん》感《かん》の強い両親——コドオヤじゃなくて、両親!!!——がいたりするしさ。でも、あんたの身に起きていることにくらべれば——そんなことはみんなすごく——なんていうか——すごくめぐまれた、ささいなことにすぎないよ。あんたは戦争《せんそう》のまっただなかにいるんだものね。アル中《ちゅう》のお父さん、職務離脱《しょくむりだつ》しているお母さん(歴史《れきし》の授業《じゅぎょう》で習ったんだけど、勝手にどっかへ行っちゃうことだって)、いまにも貧乏《びんぼう》になりそうな不安、戦争におびえてあんたに頼《たよ》りきっている幼《おさな》い妹。しかるべき人物(カウンセラー)の助けを得《え》ようとしても、助けどころか——あるのはレンガのドアストッパーだけ。ひどすぎる!!! 国語の先生がいてくれて、ほんっとによかった。その先生があんたの家に平和協定《へいわきょうてい》か——せめて休戦《きゅうせん》協定をもたらしてくれるといいんだけど(クリスマス休戦とかね——戦争している国ってそういうことしない?)。
　ではバーブ——と赤ん坊《ぼう》——じっさいには存在《そんざい》しない赤ん坊——についての質問《しつもん》があったので、お答えします。バーブに聞いてみたの——そしたら、妊娠《にんしん》**してない**って。そのあとこういうんだ。「いまのところはまだね。お父さんもわたしも忙《いそが》しすぎて、三人の子どもをそだてるのがせいいっぱいなのよ。あなた」(あたしのこと)「とわたしたち」(彼《かれ》らのこと)「だからまだその準《じゅん》備《び》ができてないの」

うおーん……「いまのところはまだ」「準備《じゅんび》ができてない」ってことは、検討《けんとう》してるって意味じゃん。弟か妹がほしいのかどうか、あたしはよくわからない。これってわがまま？　あんたが大変《たいへん》な目にあってるときに、自分だけ楽しくやってるのも、わがままだからかな？（あんたの悩《なや》みをいつも考えてあげてるわけじゃないのも、わがままなせい？　もしも悩んでいるのがあたしだったら——あんたはきっと一緒《いっしょ》になって悲しんでる——ああ、エリザ★ベス——あたしあまりいい友だちじゃないような気がしてきた。）

タラ☆スターより

エリザベス

十二月十九日

タラ★スターへ

ちょうどあなたの手紙を読んだところよ。学校から帰ってきたら、手紙がわたしを待っていたの（あなたからくる手紙はママがわたしの部屋《へや》においてくれるの。ママが郵便《ゆうびん》を取るかぎりはそうだし、郵便を取るのはふつうはママにきまってるわ。だから、手紙が届《とど》かないんじゃないかって心配する必要《ひつよう》はないわ。届かなかった手紙はまだ一通《つう》もないはずよ）。で、忘《わす》れないうちにいっておくわね――きのうあなたあての小包《こづつみ》を送ったわ。クリスマスプレゼントよ。わたしからはふたつ、エマからのもあるわ（エマは自信満々《じしんまんまん》だから、中身を見たあとはオーバーに反応《はんのう》しなくちゃだめよ）。それにバーブあてのささやかなプレゼントもはいってるの。すごく親切にしてくれたから。ルークにはなにもなくて悪いんだけど、忘れたわけじゃないのよ。ただなにがいいのかわからなかったの。それにお金もなくなっちゃったのよ。

ねえ、聞いて。わたしひどい気分だわ。ルークにプレゼントをあげなかったからじゃなくて、クリスマスのことで。ていうか、すべてのことで。

クリスマスが近いのに、そういうムードじゃないの。ツリーは買ってきて、先週末《せんしゅうまつ》にみんなで飾《かざ》りつけたんだけど、セットする前にパパがウォッカを三杯《ばい》も飲んだせいでツリーが曲がっちゃってるのよ。そのあとパパは居眠《いねむ》りをはじめたので、ママがベッドへ連《つ》れていって、エマとわたしだけで飾りつけたの。あまりうまくできなかった。

タラ、クリスマスのことで書くことはいくらでもあるけれど、このへんでやめて、いわなきゃならないことがあるの。あなた、手紙の中でわたしのことを世界で一番の友だちのひとりっていったこと、わかってる？　一番の友だちのひ、と、りよ。その他《た》おおぜいの中の**ひとり**よ。わたしはあなたのたったひとりの親友なんだと思ってたわ（あなたはわたしのたったひとりの親友よ）。だったら、あなたのその他の一番の友だちってどんな子たちなの？

もっといわせてもらうけど、あなたはパパをアル中《ちゅう》、ママを職務離脱《しょくむりだつ》してるといったわね。どっちも事実《じじつ》じゃないと思うわ。パパはいまお酒の問題をかかえているけど、それだけよ。それにママはせいいっぱいがんばっているのよ。ときどき外出くらいしなくちゃ。パパが一日じゅういるいまはなおさらだわ。だからふたりのことをもうちょっと思いやってくれてもいいんじゃない？　すくなくともママに関《かん》しては。

すごくいろんなことが起きているのよ、タラ。おしつぶされちゃいそうだわ。あんまりいろいろあるから、あなたに本気で腹《はら》を立てることもできないくらい。それだけのゆとりがないの。あなたはわたしの気持ちを傷《きず》つけた。ほんとよ。でもほかにいろいろあるので、そのことだけに集中できないの。

ほかのいろいろっていうのは、主《おも》にクリスマスにまつわることなの。さっきもいったけど、いつものクリスマスの雰囲気《ふんいき》じゃなくなってるのよ。ツリーは立てたけど、よその家のツリーみたい。クリスマス恒例《こうれい》のことはなにひとつしていないわ。パパは退屈《たいくつ》そうにうろうろして、バスローブ姿《すがた》でテレビのメロドラマを見ているだけで、電話も取ろうとしないのよ（それに、郵便物《ゆうびんぶつ》を見ようともしないの。ママがわたす手紙も大部分捨《す》てちゃう）。

暗いわびしいムードが家にただよってるの。わたしはクリスマス・パーティーにはひとつも行っていないし、だれにも会ってないわ。そういう気分になれないのよ。でも、いちばんかわいそうなのはエマよ。サンタクロースを本気で信《しん》じているし、すごく興奮《こうふん》してるの。ほしいおもちゃのリストまでつくったのよ。すごく長いリストなの。エマがいうのをわたしが書いたんだけど、バービー、補助《ほじょ》つき自転車、ドールハウス、つけ爪《づめ》セット、まだまだどっさりあるわ。パパとママにはひとつも買えるはずがないから、エマはきっとすごくがっかりするわ。すこしでも節約《せつやく》になればと思って、わたしは今年《ことし》はなんにもいらないといったんだけど、どういうことになるかさっぱりわからない。家のローンが払《はら》えないなら、おもちゃみたいな瑣末《さまつ》な（新しくおぼえた言葉――辞書《じしょ》で調べてみて）ものにお金を無駄《むだ》にできるはずないもの。いま、八ドル五十三セント持ってるの。たんすのひきだしに入れておいたのよ。でもおじいちゃんとおばあちゃんがひらいてくれた口座《こうざ》には数百ドルあるわ。パパもママもそれはわたしのお金だといつもいってたわ。手をつけちゃいけないともね（ためるお金で、使うお金じゃないから）。それに通帳《つうちょう》はパパが保管《ほかん》してるのよ。でも、どこにあるかはわかってるから、あしたの放課後《ほうかご》、三十ドルひきだすつもりなの。そのくらいの額《がく》なら気づかれないと思うし、三十八ドル五十三セントあればエマにバービーをひとつと、バービーの服と安いおもちゃをいくつか買えるはずよ。それですっからかんになっちゃうけれど、パパとママとおじいちゃんたちには学校の手芸室《しゅげいしつ》でなにかつくれるわ。重要《じゅうよう》なのはエマがサンタからプレゼントをもらえるってことなの。クリスマスの朝、エマにがっかりしてもらいたくないのよ。

このぐらいにするわ。すごく疲《つか》れちゃった。いつも疲れてるの。いつになったら人間らしい気持ちになれるのかしら？　またジャクソン先生と話してみるわ。

エリザ☆ベスより

P・S　タラ――**お願《ねが》い。あなたのこと、お芝居《しばい》のこと、学校のこと教えてね。**前にもいったけど、どんなふうなのか知りたいの。ほかの生活を知りたいのよ。自分の生活にはうんざりだわ。正常《せいじょう》で――秘密《ひみつ》のない家族の生活をちょっとのぞいてみたいの。バーブとルークとすごすクリスマスについて教えて、いいわね？　今年はツリーを立てるの？　クリスマスのディナーに出かけるの？（マクドナルドがクリスマスのディナーだった年、おぼえてる？）もう両親へのプレゼント用意した？

P・P・S　**エマのプレゼントがすごく気に入《い》ったって、エマにいうのを忘《わす》れないでね。**自分でつくったのよ。

エリザベス

クリスマスの夜

タラ★スターへ

クリスマスもそろそろ終わり。八時をちょっとすぎたところよ。ママはエマをベッドに寝《ね》かせているわ。パパは一階《かい》のひじかけ椅子《いす》にすわって暖炉《だんろ》をじっと見てる。大変《たいへん》な一日だった。なにがあったのか（わたしがなにを身につけているかも）、あなたは聞いたって信《しん》じないと思う。

まず、あなたからの小包《こづつみ》が届《とど》いたことといわせてね――ぎりぎりまにあったのよ。きのうきたんだもの。十二月二十四日に！　エマが箱《はこ》を見てたから、あなたからだといったら、すっかり興奮《こうふん》しちゃって。さっそくツリーの下においたわ。ほかにもいくつかツリーの下にはプレゼントがおいてあったの。おじさんやおばさんやおじいちゃんたちからの、それにわたしからパパとママにひとつずつ（手芸室《しゅげいしつ》でパパにはたんすに飾《かざ》る焼《や》き物の犬をつくったの。ママにはクロス刺繍《ししゅう》した絵を額《がく》に入れたもの）。わたしがエマのために買ったのをのぞくと、プレゼントはそれで全部のはずだったから、エマがあなたからのをすぐにあけたいとねだっても、だめだといったの。楽しみはあとにとっておいたほうがいいからといってね（〝サンタ〟がこないことはわかっていたから）。だからわたしたちはがまんしたの。そうしたら、どうなったと思う？　いまだにおどろきがさめないわ。なんて説明《せつめい》したらいいのかわからないぐらい。

最初《さいしょ》からはじめたほうがいいわね。先週のことだったわ。わたしは三十八ドル五十三セントを持ってヴァリュー・タウンへ行き（よく一緒《いっしょ》にあのお店へ行ったわよね？）、いちばんお買い得《どく》のおもちゃをさがしたの。税込《ぜいこ》みの三十八ドル二十一セントで、バービー人形ひとつと、バービーのパーティードレスと水着、ぬり絵、削《けず》り器《き》つきの六十四色の色えんぴつ、シールのセット、パズル、小さなかわいいクマのぬいぐるみを買ったわ。すごいでしょ？　予算オーバーせず、レジの前でお金が足《た》りなくなって商品《しょうひん》を返すはめにならないで、できるだけたくさんのものが買えるように、計算機《き》を持って歩きまわった成果《せいか》よ。ね？　算数はたしかに役に立つわ。

うちに帰ったあとで、ひとつずつ紙に包《つつ》んだの。サンタが特別気前《とくべつきまえ》よくしてくれたように見えるでしょ。そして今朝《けさ》の五時五分、全部のプレゼントを持ってこっそり一階《かい》におりていったの。そうしたら、どうなってたと思う？　わたしが寝《ね》てから五時五分までのあいだに、ツリーの下にソリいっぱいのプレゼントが出現《しゅつげん》していたのよ。パパとママからのプレゼントにきまってるけど、でも、中身はいったいなんなの？　だって、すごくいっぱいあったの。わたしはエマへのプレゼントをツリーの下においで、ベッドに逃《に》げ帰ったわ。一時間半後、エマが起きてきたので、すぐに一階《かい》にプレゼントをあけに行ったの。ここからがびっくり仰天《ぎょうてん》よ。自転車からドールハウス、つけ爪《づめ》セットまで、エマがリストにしたものがひとつ残《のこ》らずあったのよ。

わたしが今年《ことし》はなにもいらないといったのをおぼえてるでしょう? エマほどいっぱいプレゼントがなかったのは、そのせいだと思うわ。でも、わたしがもらったのは:カシミアのセーター、カメラ、本真珠《ほんしんじゅ》のイヤリング、そして(ここがあっとおどろくところ)ダイヤモンドのブレスレット。ふざけているんじゃないわ、タラ。パパはわたしに本物のダイヤモンドのブレスレットを買ってくれたの。どうしてパパからだとわかるのかって? だって、買い物は全部パパがしたにちがいないもの。セーターのサイズが合わないから、すぐにわかったわ。ママならそんなヘマはしない。ママはいつもエマとわたしにぴったりの服を買ってくるもの。でも、新しいセーターは小さすぎるの。おまけにエマとわたしがプレゼントをどんどんあけているあいだ、ママはすごく悲しそうだったの。それにね、パパはママにエメラルドのイヤリングと、それとおそろいのエメラルドのネックレスをあげたのよ。さらにさらに、ママはパパになにもあげなかったの。今年はプレゼントの交換《こうかん》はないと思っていたからだろうし、もちろんそれは当然《とうぜん》だと思うわ。

わたし、なにがなんだかわからないのよ。品物の値《ね》段《だん》を推測《すいそく》するのが苦手《にがて》なのは知ってるでしょう? でも宝石《ほうせき》の値段を想像《そうぞう》すると、パパは最低《さいてい》でも五千ドルは使ったと思わない? ひょっ

として一万ドルかも？　しかもセーター、カメラ、おもちゃはそこにふくまないのよ。エマのおもちゃだけでも、千ドルはしたはず。わたしが家庭の事情《じじょう》を完全《かんぜん》に誤解《ごかい》していたか、それとも――〝それとも〟なんなのか、わからない。パパは頭がおかしいのかしら？　盗《ぬす》みを働《はたら》いてるの？　あり金《がね》全部はたいちゃっただけ？

それでね、きょうのパパはなんだか誇《ほこ》らしげだったけれど（そのことも、プレゼントは全部パパが買ったんだと思う理由《りゆう》のひとつ）、その反面《はんめん》、神経質《しんけいしつ》になっているようにも見えたわ。それともこわがっているような。パパが全額払《ぜんがくはら》えたと思う？　クレジットカードで？　そんなことできるの？　つまり一万ドルもの支払《しはら》いをカードでできる？　カード会社に代金を払えなかったらどうなるのかしら？　買ったものを取りあげにくるの？　**パパったらなにをしたのかしら？**

ママはこわがってるわ。それを見るとかわいそう。

パパにもらったプレゼントをお店に返してお金を取りもどせないかしら？　そうすればあとで必要《ひつよう》になったときにママにわたせるわ。でもどうすればいいのかわからない。プレゼントがどこのお店のものかもわからないんだもの。

わたしがどうするつもりかわかる？　すぐにでもママと真剣《しんけん》に話しあうつもり。ママは事情を明かさないほうがわたしのためにいいと思っているみたいだけど、もういろいろ推測《すいそく》してわかっているってことをいわなくちゃ。そしてこわいんだってことを。だから、ころあいを見はからって、ママと話をするつもりよ。そのほうがいいと思う。
手紙ちょうだい、タラ。この前の手紙でわたしがちょっと怒《おこ》ってたのはわかってる。あなたの一番の友だちのひとりでしかないことについて。あなたがわたしの両親のことでいいすぎだったから。でもあなたはいまでもわたしの友だちだし、あなたの手紙がほしいのよ。新しい友だちのこと、お芝居《しばい》のこと、学校のこと、**ほんとに**知りたいの。それにコドオヤのことも。なにもかも。
エマとわたしからのプレゼント、気に入《い》った？（エマがすごく知りたがってるわ）そうそう、あなたが送ってくれたセーター、すごくいいわ！　完璧《かんぺき》よ！　サイズも（ドライクリーニングの必要《ひつよう》もないしね）。

メリークリスマス、タラ
エリザ☆ベスより

P・S　バーブと赤ちゃんのことを聞くのはやめると約束《やくそく》するわ。

P・P・S　エマが気に入《い》ったプレゼントはなんだかあててみて。色えんぴつよ。削《けず》り器《き》がいいみたい。

十二月三十日

エリザ★ベスへ

あんたの手紙たったいま受け取ったとこ。ワオ！！！！！！！！　はじめに、プレゼントのお礼をいうね。どんなに一生懸命《けんめい》つくってくれたか、よくわかる。本は二冊《さつ》ともすばらしいできだよ。作文用の白いページのは、カバーがすごくいかしてるね（あたしが虹大好《にじだいす》き人間だってこと、知ってるんだね）。暇《ひま》になったらすぐ書くつもり、つまりお芝居《しばい》が終わったらね……それにカバーに子ネコの絵がついてるやつ、あんたの詩がいっぱい書いてあるのは、完成までですごく大変《たいへん》だったでしょ。ほんとにたいしたもんだよ！！！　うきゃーっ！！！！　このところきっとたくさん書いてたんだね（それで気分がまぎれたのを願《ねが》うだけだよ）。エマのつくった毛糸のタコ、**すっごく気に入《い》った**ってエマに伝《つた》えて（びよーんとした目の片方《かたほう》が取れてたのは内緒《ないしょ》ね）。エマのタコ、エマコと名前をつけたといっておいて（エマコって超《ちょう》かっこ悪いひびき！！！）。バーブもプレゼントがすごく気に入《い》ってる。あの家と、その下に**ホーム・スイート・ホーム**ってクロス刺繍《ししゅう》を入れるのは、きっとすご〜く時間がかかったと思う。あたしたちの未来《みらい》の家（持ち家）のためにつくってくれたことを、バーブはほんとに思いやりがあるといってたよ。いまあれをあたしたちはこのアパート（賃貸《ちんたい》）の壁《かべ》にかけて、それを見るたびにあんたのことを思ってるの（ほかのときも思ってるけどね）。

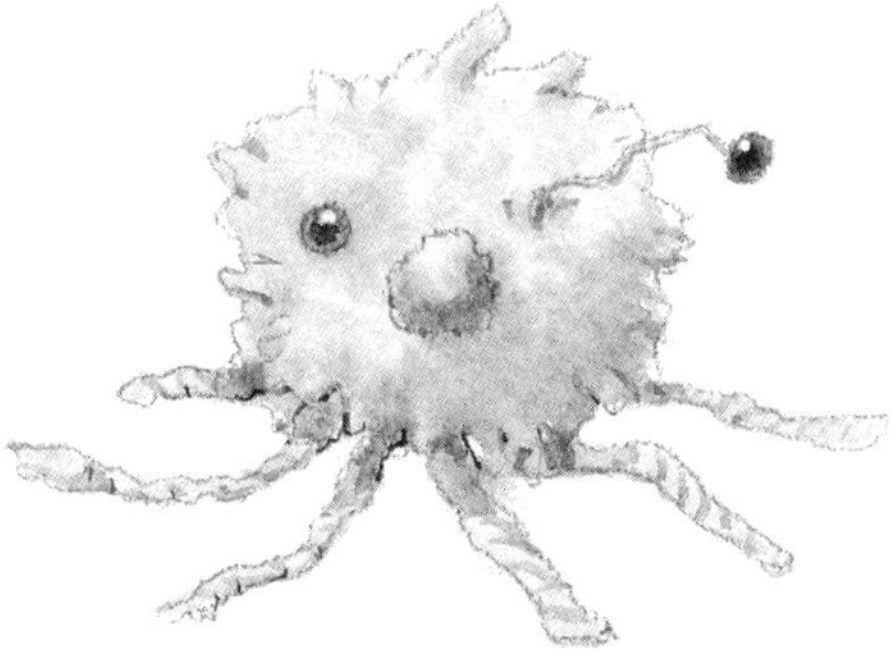

今年《ことし》のクリスマスはすてきだった（あんたのがもっとよければなあ）。あたしは服をもらったの。とりわけこれはおおみそかのパーティーにどうしても着ていきたかったドレスなんだ。あと、スカーフ数枚《まい》（一枚はラメ入《い》り）、ラメ入りソックス、ビーズのついたスニーカー……すっごくいけてるイヤリングも（ビーズやっつらのがひとつ、クジャクの羽のがひとつ、しかめ羽をくみあわせたのがひとつ、クジャクの羽のがひとつ、しかめっつらのがひとつ——ニコちゃんのパロディ）もらったよ。もうひとつのビッグ・プレゼントは、バーブとルークが前もっておこづかいをくれたことなの。だからあんたとエマにあのプレゼントが買えたってわけ（すごくうれしかったんだ。お芝居《しばい》が終わっちゃえば、ベビーシッターなんかのバイトもできるけど、それまで

は金欠《きんけつ》だから）。バーブとルークは互《たが》いへのプレゼントは買わずに、その分のお金を特別《とくべつ》の〝家貯金《いえちょきん》〟に入れたんだ……いっとくけど、〝赤ん坊《ぼう》貯金〟はないからね！！！　そういうことは起きないと思う。とにかく、あたしはひとりっ子が好《す》きなんだ。そうそう……バーブとルークはあたしへのプレゼントを買いに外出したとき、ひと組のロウソク立てを買ってきたよ（一本ずつ包装《ほうそう》して、ロウソクをそえて、お互いにあげっこしてた）。家を買うまでは使わないからってしまっちゃったけどね。家が買えたらそのロウソクに火をともしてお祝《いわ》いするんだ。

あんたのクリスマスについてだけど……うきゃ！！！！！　その宝石《ほうせき》って、ほんとに本物？　あんたのお父さんはいまは一日じゅううちにいるわけだから、ひょっとするとテレビショッピングかなんかでよくできた偽物《にせもの》を買ったのかもしれないよ（それだって、かならずしも安いってわけじゃないけど）。

あたしにもあんたのうちの経済状態《けいざいじょうたい》はよくわかんない。そのうちフードスタンプ(注)が必要《ひつよう》になるんじゃないかと思っちゃった（うちがフードスタンプが必要になったときのこと、おぼえてる？　ちょっとかっこ悪かったけど、すごく助かったよ）。でもどうしても（こんなこといっても怒《おこ》らないで）あんたのお母さんがその宝石《ほうせき》をつけて食料品店《しょくりょうひんてん》のレジに並《なら》び、フードスタンプで払《はら》ってるところが想像《そうぞう》できないんだ。きっと貯金があるよ（あんたのお父さんとあたしはお互い好きじゃないけど、泥棒《どろぼう》だとは思えないもの）。お父さんも若《わか》いころは貧乏《びんぼう》だったとあんたはいってたけど、お母さんの実家《じっか》はお金持ちなんだから（だよね？）すこし分けてくれたのかもしれないよ。

お母さんと話しあうのは名案《めいあん》だと思う……商品《しょうひん》の返品《へんぴん》のしかたを知ってるかもしれないし（あたしたちの年齢《ねんれい》でダイヤモンドのブレスレットって、へんじゃん）。

あたしとしては、バービー関係《かんけい》は返品すべきだと思うな。バービーを見るとあたしがむかつくのは知ってるでしょ。

じゃ、ご要望《ようぼう》にこたえて、あたしの生活について話すね。**すごくすごくいい感じできてるよ**（あんたの生活もそうだといいのに）。お芝居《しばい》はおもしろい。お芝居のおかげで、すごくいろんな人と知りあいになれた。そのうちのひとりがハンナ（オハイオでのあたしの親友だよ。あんたもきっと好《す》きになる。おもしろいし、頭いいし。作家になりたいんだって——それと女優《じょゆう》に）。名前のつづりがＨＡＮＮＡＨだから、前から読んでもうしろから読んでも同じってところが、あたしはすごく気に入《い》ってるんだ。回文《かいぶん》ってやつだよね。回文ちゃんって呼《よ》びはじめてるの。いまじゃそれが新しいニックネームになって、あたしたちのグループの全員がハンナを〝かい〟って呼んでる。

ほかにもいっぱいいいるけど、その子たちの話はまたのときにするね。いまは**アレックス**についい

（注）収入《しゅうにゅう》が少ない人に政府《せいふ》が発行する、食べ物を買うための券《けん》。

てしゃべりたいんだ。おぼえてる？？？　いま、アレックスはあたしの**ボーイフレンド**なんだよ！！！！（ボーイフレンドがいるのってどんな感じだろうねって、いつもふたりでしゃべってたことおぼえてるでしょ？　うん、すてきだよ。）アレックスはすごくおもしろいの……超《ちょう》カッコイイ……で、すごくキスがうまい（先週一緒《いっしょ》に映画《えいが》に行ったとき発見した）。

もちろん、あたしがこれまでにキスした男の子はドワイト・ジョーンズひとりだけ（三年のとき……あたしがキスしたら、そのあとドワイトはあたしをたたいたんだよ……それがずうっと尾《お》をひいて、これまでしなかったんだ！！！）。でも今度ははじめて相手からキスされちゃった。すてきだった（一度は歯の矯正器《きょうせいき》でくちびるをひっかかれちゃったけど）。

ああ、エリザ★ベス……あんたがいまのあたしと同じぐらいハッピーだったらいいのに……そして前みたいに毎日会えたらいいのにね。あんたみたいにあたしのことをよく知ってる子は世界にひとりもいないよ……あたしの生活がどんなふうだったか、知ってる子はね……ある意味知っててくれるのはいいことなんだ。ここではあたしの家族に、すっごく貧乏《びんぼう》で、すっごく大変《たいへん》な時期があったことをだれも知らないんだ。あんたはほかのだれよりもあたしを知ってる……いろんな変化《へんか》についてあたしがほんとに話せるのはあんただけだもの。いくらみんながすごくいい子でも――ときどき離《はな》れていっちゃうんじゃないかとこわくなるんだ。

会いたいよ。

いい新年をむかえてね（すくなくとも去年よりはしあわせな一年になりますように）。

タラ☆スターより

エリザベス

一月六日

タラ★スターへ

おおみそかのパーティーはどうだった？　アレックスと一緒《いっしょ》に行ったの？　デートしてるの？　ハンナやほかの友だちも出た？　パーティーはどこでやったの？　学校？　だれかの家？　**全部**知りたいわ。特《とく》にアレックスがキスしたのが、真夜中の0時になって紙テープや紙吹雪《ふぶき》がふりそそぎ、車のクラクションが鳴らされたときだったのかどうか、すごく興味《きょうみ》あるの。わたしが夢見《ゆめみ》るおおみそかってそれなのよ。紙吹雪が髪《かみ》や肩《かた》にかかる中で真夜中にだれかにキスするの。

わたしはおおみそかをどうやってすごしたと思う？　エマと一緒に家にいたわ。ベビーシッターをしたの。パパはママとふたりでおしゃれな大パーティーに出かけるあいだ、マーサかだれかにきてもらいたがったんだけれど、わたしはエマと一緒に新年をむかえようとかたく決めていたの。ふたりだけでむかえようって。エマの世話をしたいのは本心だといったら、ママはちょっとほっとしたように、すぐにいいわといったの。へんなのよ――ママはあっちで五ドル、こっちで二十ドルといった具合《ぐあい》にこつこつ節約《せつやく》を心がけているのに、いっぽうのパパは宝石《ほうせき》を買ったりしているんだもの（あれは本物の宝石よ、タラ。そのことはあとでもっと話すわ）。

興味深《きょうみぶか》いことがふたつあったの――ひとつはおおみそかに、ひとつは一月一日に。おおみそかのことから話すわね。パパとママは八時ごろおめかしして出かけたの。パパはタキシード、ママはすその長いイブニングを着て、パパがクリスマスにあげたエメラルドの宝石をつけてた。わたしね、ママの仕度《したく》をながめていたの。そのとき話をすべきかどうか考えたんだけど、いまはタイミングが悪いと判断《はんだん》して、ベッドにすわってママがお化粧《けしょう》したりするのをただ見ていたのよ。ママは宝石箱《ほうせきばこ》に手を入れてエメラルドのネックレスとイヤリングを取りだし、じっと見てからまたしまい、また取りだしてつけたの。まるでほんとはつけたくないみたいだったわ。とにかく、パパとママがようやく出かけると、エマとわたしは居間《いま》でちょっとダンスをしたの。ふたりきりだったし、エマは真夜中まで起きていていいとおゆるしをもらったので、もうすっかり興奮《こうふん》していたわ。でもなんのことはなくて、九時二十五分には寝《ね》ちゃったの。で、わたしが真夜中までのあいだになにをしたと思う？　最初《さいしょ》はちょっと読書してから、新しいクロス刺繍《ししゅう》をやり、それから（きっと信《しん》じないわよ）パパのデスクを調べたの。調べずにはいられなかったのよ。なにを見つけたかあててみて。ノース・ラドクリフ・エージェンシーとか、ターナー・ホイットマン・サー

ビスとかいう会社からの通知書《つうちしょ》の束《たば》よ。借金《しゃっきん》の取り立てなの。三通《つう》は封《ふう》が切ってあったので、手紙をひっぱりだしてみたら、どれも請求書《せいきゅうしょ》だった。どうしてあんなことをしたのかわからないけど、未開封の四通めを、わたし、湯気《ゆげ》にあてて開封したの。中身はほかの三通と似《に》たり寄《よ》ったりの請求書だったわ。すごくいやな感じの内容《ないよう》で、パパがお金を払《はら》わないと大変《たいへん》なことになりそうなの。糊《のり》をうすくつけて封筒《ふうとう》を貼《は》りなおしておいた。パパに見つからないといいけど。でもね、見つかってもかまわないわ。だってパパがしたことにくらべれば、なんでもないことだもの。パパは自分では買えないような高額《こうがく》なものを買って、お金を払《はら》っていないのよ。タラ、あなたはパパのこと泥棒《どろぼう》じゃないといったけど、パパがやっていることは泥棒とたいして変《か》わらないと思う。

それがおおみそかだったの。で、一月一日にママと話をしたわ。わたしの新年の計《けい》は、もっと自由にしゃべる、すくなくとも家では、ってことなの（この考え、どこから思いついたのかしら）。それでお昼ごはんがすんだあと、パパの姿《すがた》が見えず、エマがバービーで遊んでいるすきを見はからって、声をかけたの。「ママ、ママと話さなくちゃならないの。すごく大事なことなのよ」

ママはデスクで書類《しょるい》を調べていたけれど、「いいわ、ハニー」といったわ。

それでね、どうなったかというと、わたしはママになにもかも話したの——うちの経済状態《けいざいじょうたい》の話を盗《ぬす》み聞きしたことや（盗み聞きしたことはあやまらなかった）、クリスマスプレゼントのこと（わたしが買ったもののことや、パパが買ったものにすごくおどろいたことなど）、きのうの夜見つけた通知書《つうちしょ》のことも全部。最後《さいご》にわたしはこういったの。「わたし、なにがなんだかわからないの。どういうことになっているのか説明《せつめい》してもらえない？」

ママはためいきをついたけれど、横をむいたり、泣《な》きだしたりはしなかったわ。「エリザベス、あなたはもう大きいわ。どういうことになっているのかあなたには知る権利《けんり》があるわね」

タラ、パパには厄介《やっかい》な問題があるみたいなの。お酒のことじゃないの。お酒のことだってどうかと思うけど。ママがいうには、パパは自分が失業《しつぎょう》したことや、家族がひどい状態《じょうたい》になってることを、自分にも他人にも認《みと》めることができないの。ひどい状態っていうのは、経済的《けいざいてき》にという意味よ。だからなにも変《か》わっていないふりをして、あいかわらずお金持ちみたいにふるまっているのよ。お金があるときですら、パパは使いすぎだったとママはいっていたわ。支払《しはら》いがとどこおっている請求書《せいきゅうしょ》がいつもあるって。パパがどうやってクリスマスプレゼントを買ったのかも教えてくれたの（宝石《ほうせき》は本物だとママがいったのは、そのときよ）。**カードで買った**のよ。そしてカード会社からの請求額《がく》を払うことができないの（しかもきのうの夜わたしが見つけた通知書は、パパが払えない請求書の**ほんの一部**なの）。

ママはもっと話してくれるところだったんだけど――うちの貯蓄《ちょちく》や、パパの手当てなんかについて――ちょうどそのときパパがもどってきちゃったの。車がガレージにはいる音がしたとき、ママとわたしは顔を見あわせたわ。

「このつづきは別《べつ》の機会《きかい》にしなくてはね」ママがいったわ。

「わかった。できるだけすぐよ」わたしはきっぱりした口調《くちょう》でいったの。

ママはびっくりした顔をしたけれど、「ええ、かならず。今度お父さんが外出しているときにね、いい？」

「いいわ」

わたしのこの断固《だんこ》たる態度《たいど》はどこからきたのかしら。怒《いか》りから？ わたしパパにすごく腹《はら》を立てているの。

エリザ☆ベスより

P・S ダイヤモンドのブレスレットなんて、もちろんわたしたちの年齢《ねんれい》の子にはへんなプレゼントよ。じっさい、ばかげてるわ。どこへつけていけというの？ 学校？ 体育の授業中《じゅぎょう》にそんなものつけていて、どうしろっていうのよ？ いまのところ、ブレスレットはそのまま箱《はこ》にしまってあるわ。一度も取りだしてない（つけてもいないわ）。お金が必要《ひつよう》になったら、箱ごとママにわたすつもり。ママが宝石店《ほうせきてん》に返してお金に換《か》えてもらえるでしょ。ママならどのお店のものか知っているはずよ。大人《おとな》はみんな返品《へんぴん》の方法《ほうほう》を知っているものね。

一月十三日

エリザ★ベスへ

ついにあんたがお母さんと話しあって、すっっっっごくほっとしたよ。
ヒャーッ――あんたのお父さんにはいいかげん目をさませっていいたい！　コントロールがきかなくなってる感じだもん！！！！　思い出したけど、一度うちの親もクレジットカードの上限《じょうげん》を突破《とっぱ》しちゃったことがあったんだ。もちろん持ってたのは一枚《まい》だけだったから、あんたのお父さんが数枚のカードで使ったほどの金額《きんがく》にはなりっこなかったけど。ルークが失業《しつぎょう》したときでさ、カードでお金を借《か》り入れて、食料品店《しょくりょうひんてん》でもカードで買い物してた。取り立ての手紙はほんとにいやだった――そのうち電話までかかってくるようになったんだよ（まだ電話はかかってきてない？……ほんとにぞっとするんだから！！）。少したってルークは新しい仕事を見つけたけど、そのときにはすっかり借金《しゃっきん》だらけになってて、どうしたらいいのかわからなくなっちゃったの。

それで健全《けんぜん》な家計の運用法《うんようほう》とか、クレジットカードなしで生活する方法《ほうほう》とか、借金《しゃっきん》を返す方法とかを教えてくれる特別《とくべつ》な場所へ行ったんだ。あんたの両親もそういうところへ行くべきかもしれないね。知りたかったら、電話番号を親に聞いてあげるよ。

親についてはまだあるの……新年の計《けい》として、あのふたり、大学へ行く決心をしたんだよ。短《たん》大《だい》で一学期にひとつの授業《じゅぎょう》をそれぞれ受けて、ゆくゆくは州立《しゅうりつ》大学に編入《へんにゅう》するんだって。仕事はつづけて、大学には夜間に行くらしい。計算してみたらね、ふたりが大学を卒業《そつぎょう》するのはあたしと同じくらいになるの!!!!

******ではほんとにビッグなお知らせ……ご希望の情報《じょうほう》*************************

ドレスは——はじめてのほんとに大人《おとな》っぽいドレス……黒ですそが長くて、襟《えり》ぐりが深いやつ(バーブがそれを買うのをゆるしてくれたのは、すそを短くすれば、今後も特別《とくべつ》な場で着られるドレスだから)。あたしが階段《かいだん》をおりていったら、ルークはうめきながらこういったんだよ。

「いつのまにおれのちっちゃな娘《むすめ》はそんなに大きくなったんだ。その胸元《むなもと》はスカーフかショールか、さもなきゃ鎧《よろい》で隠《かく》してもらいたいね」あたしの胸《むね》がりっぱに成長した事実《じじつ》と、うまくむきあえないみたい(あんたのママの肩《かた》パッドを平《たい》らな胸にあてて、おっぱいがあるふりをしたときの

おおみそか……おおみそか……おおみそか……

こと、おぼえてる？）。あたしはクジャクの羽のイヤリングをつけ、紫《むらさき》色のマニキュアをぬってそこにシルバーのきらきらをつけて、ラメ入《い》りのがっちりブーツをはいたんだ（バーゲンで買ったの）。

場所は……グローリーとトーリー・ハンコックの家。ねえ、エリザベス……この子たち、双子《ふたご》なんだよ……一卵性双生児《いちらんせいそうせいじ》なの……髪《かみ》はブラウン、目はブルー。区別《くべつ》できるのは、グローリーの左のまゆの上に傷跡《きずあと》があるから（ブランコから落ちてできたんだって）。でね、信《しん》じないと思うけど……お母さんも双子で、**しかも**その片割《かたわ》れはすぐとなりに住んでて、双子の息子《むすこ》（ジェリーとテリー・マローワン、やっぱり同じ中一）がいるの。このふたつの家族のお父さんたちは双子じゃないよ……お父さんまで双子だったら、すごすぎるよね！！！！　とにかく、パーティーはハンコック家でひらかれて、パーティーがおひらきになると、女子は全員ハンコック家でパジャマ・パーティーをして、男子はマローワン家に泊《と》まったんだ。だから、だれひとりおおみそかの深夜に車の中にいなくてすんだってわけ。

パーティーは楽しかったよ……でもさ、聞いてよ！！！！　男子ってほんとにわけわかんない。うちの親がハンナとあたしをハンコック家まで乗せてってくれたんだ（そのあとふたりは家にひきかえし、ふたりだけで夜をすごしたんだと）。あたしたちがついたとき、アレックスはもうパーティーにきてたの。あたしに手をふったけど、そのまま同じクラスの男子たちとずっとしゃべ

ってるんだよ。最初《さいしょ》の一時間なんて、男子は全員、部屋《へや》のむこう側《がわ》でナーフのフットボールゲームをやってるの。女子は全員お互《たが》いの服をほめながら、ナーフのフットボールゲームをやるなんて男子って幼《おさな》いよねってしゃべりつづけてたんだ。あたしはしびれを切らして、むこうへ歩いていって、男子と一緒《いっしょ》にフットボールゲームをやりだしたの。すぐにみんなやりはじめた。

それからグローリーがCDをかけて、あたしたち新しいダンス、〝ナーフ〟を即興《そっきょう》でおどったの。すごく楽しかったよ！！！！！　そのあと、みんなですわってピザを食べて、ビデオを見た。うん、アレックスはあたしのとなりにすわってた……たしかに何度かあたしにキスしたよ……でも親友（ハンナとつきあってるマーティン）のシャツの中にスナック菓子《がし》のフリトスやチートスをつめこむほうがおもしろかったみたい。真夜中の紙吹雪《かみふぶき》はなかったんだ。数人の男子がフリトスとチートスを空中にほうりなげてさ……で、口で受けとめようとしてた。

だからアレックスとあたしがキスしたのは十二時八分だった……でもオエッって感じだったんだよ。だってアレックスの口の中のチートスがあたしの口にはいってきたんだもの。

中一の男子ってロマンスにはあんまり関心《かんしん》がなさそう。

以上《いじょう》、あたしの報告《ほうこく》でした。

タラ☆スターより

一月二十日

エリザベス

タラ★スターへ

あなたの両親がまた学校に行くなんて信《しん》じられないわ！　あの年齢《ねんれい》で。すごくかっこいい。クラスで最年長《さいねんちょう》の生徒《せいと》になるでしょうね。

ねえタラ、あなたのおおみそかって――夢《ゆめ》のよう、というつもりだったんだけれど、だれかさんのつばのついたチートスが口の中にはいってきたんじゃ、夢のよう、とはいえないわよね。でもすごく楽しそう。それにドレスもすてき、イブニングみたい。ハンナ（かいちゃん）はなにを着ていたの？　やっぱりイブニングだった？　ふたりで一緒《いっしょ》に着替《きが》えて、髪《かみ》を直しあったりしたの？

ところで、ママは約束《やくそく》を守ったわ。家の中にママとわたしのふたりだけになったとき（あれから数日後）、ママがいったの。「エリザベス？　この前のつづき、いまやって、終わらせましょうか?」

だからわたしはいったわ。「つづきはしたいけど、終わらせたくないわ。これからもずっといろんなことを話しあいたいの。かまわない?」

ママはちょっとためらったけど、ほほえんで、「いいわ」といってくれた。それからわたしをじっと見つめたの。こわい顔っていうんじゃなくて、ただじっと見つめたの。ようやくママはちょっとまゆをよせて、こういったわ。「いつのまにそんなに大人《おとな》になったの?」

「この数カ月でよ」わたしは本気でそう答えたんだけど、ママは笑《わら》ったわ(でも、いじわるな感じじゃなく)。「ううん、ほんとだってば。すこし時間がかかったけど、パパのことがわかりかけてきたの。それで大人になったんだと思う。去年は借金《しゃっきん》の取り立て屋のことなんて知りもしなかったもの。でもいまはどういう人たちなのか知ってる。パパみたいな人にとって、こわい存在《そんざい》なのも知ってるわ。でも、うちの貯金《ちょきん》のこと教えてくれる、ママ? わけがわからないのよ。うちには貯金があるんでしょ。そうでしょう?」

ママはためいきをついて、いったわ。「エリザベス、そういうことであなたを心配させたくないのよ」

「わかってる。でもうすうすわかっちゃったんだから、ちゃんと教えてくれたほうがすっきりするの。ありもしないことを考えて悩《なや》むより、事実《じじつ》を知ったほうがいいもの」

するとママはいったの。「わかったわ。じゃ、ほんとうのことをいいましょう。貯金《ちょきん》はほとんどないの。あったためしがないのよ。お父さんはかなり長いあいだ高額《こうがく》のお給料《きゅうりょう》をかせいでいたわ。この家のローンを支払《しはら》えるだけのお金をかせいでいたのよ。まだ完済《かんさい》したわけではないけれど、すくなくともローンはそれだけだわ。マーサやジャンヌマリーや庭師《にわし》やプールの清掃人《せいそうにん》のお給料も、ちゃんとお父さんのかせぎでまかなえた。高級車や服や宝石《ほうせき》や贈《おく》り物、しゃれたパーティー、ぜいたくな休暇《きゅうか》、なんでもできたの。でも――」

「でも、パパは全部お金を使っちゃったのね？　ぜんぜん貯金しなかったの？」

「ほとんどね。それにわずかなたくわえも、もう底《そこ》をついてしまったわ」

「手当ては？」わたしはたずねたわ（で、このあとね、〝手当て〟で〝ピンクのスリップ〟を思い出し、あなたが下着じゃないよなんていったのを思い出して、もうちょっとで笑《わら》いそうになっちゃった）。

「手当ては分割払《ぶんかつばら》いだし、とうてい家のローンを払いきれる額《がく》じゃないのよ。月々のローンか、食料品《しょくりょうひん》のツケをふくむそのほかの請求書《せいきゅうしょ》の、どちらかしか払えないわ」ママはいったん言葉を切って、「クビになったとき、お父さんは多額《たがく》のお金を受け取ったの。でも未払《みばら》いの借金《しゃっきん》にあてるべきだと、わたしが説得《せっとく》したのよ。だからほとんど残《のこ》っていないわ」

「じゃ、わたしたちのクリスマスプレゼントはどうやって買ったの？」わたしはたずねたわ。クレジットカード会社がまだパパにカードの使用を認《みと》めているのが不思議《ふしぎ》だったの。

ママはためいきをついた。「まだ一度も問題を起こしていないカードを使ったのよ。でも、もうじきカード会社から取り立てがくるわ」

「ママ、わたしのダイヤモンドのブレスレットを宝石店《ほうせきてん》に返しにいきましょう。お願《ねが》い。だってあんなのちょっとへ――つまり、気に入《い》ってはいるけど、つけていく場所がないんだもの」

「そうね、返品《へんぴん》はできると思うわ。でもね――こんなことはいいたくないけれど――そのぐらいじゃ焼《や》け石《いし》に水なのよ」

ママはそのときちょっと青ざめて見えたわ。無理《むり》もないと思う。でも、わたしはめげずにずっとおそれていた質問《しつもん》をしたの。「わたしたち、これからどうなるの？」

ママはすごく大きなためいきをついた。「わからないわ、エリザベス。お父さんがすぐにでもお給料《きゅうりょう》のいい仕事を見つけないかぎり、この家も、家の中のものの大部分も手放すことになるでしょうね。もっと小さな家に引《ひ》っ越《こ》して、ジャンヌマリーやマーサの手も借《か》りずに、質素《しっそ》に暮《く》らさなくてはならなくなるわ。でも、どうなるか具体的《ぐたいてき》なことはわたしにもわからないのよ。今後の状況《じょうきょう》しだいね。一日一日耐《た》えていくしかないわ」

「すこしならだれかがお金を貸《か》してくれるんじゃない？」わたしは聞いたの。パニックになりそうだった。

ママはちょっと顔をしかめたわ。「どの銀行もわたしたちには一セントも貸《か》してくれないでしょうね。それだけはたしかよ。それにお父さんの実家《じっか》にそんな余裕《よゆう》はないし」

「ママの両親は？」フロリダのおじいちゃんとおばあちゃんの家のことを思いながら、たずねてみたの。

「ときどき援助《えんじょ》はしてくれるでしょうね。つまり、わたしたちにひもじい思いをさせたりはしないってことよ。でもね、おじいちゃんとおばあちゃんはあなたが考えているほど裕福《ゆうふく》じゃないわ。お金に不自由《ふじゆう》はしてないけれど、貯金《ちょきん》のほとんどは退職後《たいしょくご》の暮《く》らしにあてられているのよ。はっきりいって、エリザベス、いまのこの生活を維持《いじ》したいと思ったら、莫大《ばくだい》なお金が必要《ひつよう》なの。おじいちゃんとおばあちゃんに多少のたくわえはあるけれど、とうてい足りないのよ」

あとになっていろんなことを考えたとき――パパが帰ってきて、話が終わったあと――ママがいっていたことの意味がわかってきたわ。おじいちゃんとおばあちゃんは、ママがいったように、すこしはお金を貸してくれるし、わたしたちがひもじい思いをしないだけのお金なら出してくれるかもしれないけれど、でもそこまでだってこと。

タラ、この前わたしがなにを考えていたかわかる？　なぜだかわからないけれど、ふたりで自転車でショッピングモールへ行って、チャンのお店でお昼を食べて、それでもまだお金があった

ので、キャドバリーのイースターチョコを買ったときのことを思い出していたの。もうすぐイースター(注)で、ばかでかいイースター・バニーが小さな子たちにジェリービーンズの袋《ふくろ》をわたしながら、ショッピングモールを歩きまわっていたわ。わたしたちはもうチョコエッグを買ってたのに、あなたったらイースター・バニーのところへ行って、こういったでしょ。「ぴょんぴょんウサギ、あなたはいったいどこのだれ？ ヒトなの、それともヒトでなし？ おかし食《く》って、おかしくなったら、あたしたちにもおかしくれる？」そしたらイースター・バニーがあなたの

ことをだじゃれ王と呼《よ》び、あなたはその人をウサギ王と呼んで、わたしたち、お菓子《かし》をもらったのよね。なんとなくあのときのことを思い出していたの。

エリザ☆ベスより

（注）イエス・キリストの復活《ふっかつ》を祝《いわ》うキリスト教の行事《ぎょうじ》。イースター・バニー（ウサギ）がイースター・エッグ（色をつけたたまごや、たまご形のチョコレートなど）を運んでくるとされる。このイースター・エッグを使ったゲームが子どもたちの楽しみ。

一月二十五日

エリザ★ベスへ

穴《あな》があったらはいりたい思い出だよ……おぼえてる？　あのイースター・バニーが理科のコープランド先生って変人《へんじん》だったって、あとになってわかったときのこと？（あの先生、ウサギのバイトでウサばらししてたんじゃない……って、ほんとは新しいかつらを買うためだったりしちゃって）自分があんなばかみたいなことをしたなんて、信《しん》じられない（おもしろかったけどね！！！）。

あんたとお母さんの会話、すごすぎる。まるであたしまでその場にいたみたいな気持ちになっちゃった（お母さんの話の内容《ないよう》はすごくヤな感じでぞっとした）。あんたがあんなにしっかりしてるなんて、びっくりだよ。すっごく勇気《ゆうき》あるね。すっっっっっっっっごくえらいよ。

あんたの両親にもすごく怒《おこ》ってるんだ……そう、**両**親に。あんたのお父さんにはもう完全《かんぜん》に頭にきた。あたしの両親より子どもじゃん。子どもっぽいってことがどんなに困《こま》ったことか、わかるよね。でもあんたのお母さんにも腹《はら》が立つ（あんたと話をして、ほんとのことを教えてくれたのはすごくえらいと思うけど）。こんなことになるのをどうしてお母さんがだまって見ていたのか、あたしにはわかんない。お父さんと話しあわないの？　あんたが意見するのは無理《むり》だろうけどさ、でもお母さんは**大人**《おとな》なんだよ。

エリザ★ベス……こんなことといっても怒《おこ》らないで。あんたはいつだってすごくやさしくて……いつだって人のいちばんいいところを見ようとしてくれる……でもほんとは落ちこんでて、こわがってて、不幸《ふしあわ》せだってあたしにはわかるんだ……あんたはなにも悪いことなんかしなかったのに……なのにこんな目にあわされて。あんまりだよ。あんたが両親に怒らないなら、あたしが怒ってやる！！！！！（でもお父さんのほうが腹立つよね。）

あたしの生活について……めちゃくちゃだよ！！！　こっちはいっぱい雪がふって、お芝居《しばい》が三度も延期《えんき》になったんだよ（打ちあげパーティーのかわりに延期パーティーをやりっぱなしだった）。そしたらみんなが風邪《かぜ》をひいちゃって、役のある生徒《せいと》たちがばたばた寝《ね》こんじゃったんだ。これでお芝居をやったら、『一ダースなら安くなる』じゃなくて『半ダースでも安くなる』になっちゃう。

そうそう、ねえ、聞いて！！！！！　あたしのハート、ぼろぼろだよ（すくなくともへこんだのはたしか)。あのアレックスのやつ、もうあたしとつきあおうとしないんだ。デートするのは中二になるまで待ちたいんだって。ねえ、中一の男子ってもう信《しん》じらんないくらい幼《おさな》いんだよ。まあね、バーブはそれでいいと思ってるんだ、あたしは〝まだ子ども〟だし、これで勉強に専念《せんねん》できるし、もっと大人《おとな》になってからつきあえばいいって(だけどさ、考えてもみてよ……自分は十七で結婚《けっこん》して、十八にならないうちにあたしを生んだくせに、よくも〝まだ子ども〟なんていえるよね)。とにかく、中一とつきあうのってお遊びみたいなもんだよね。みんなに自慢《じまん》したり、チートス入《い》りのキスをしたり、電話でしゃべったりするぐらいだもん(じつはあたしがほとんどしゃべってるんだけど)。ああ、エリザ★ベス、一日最低《さいてい》百万回は電話であんたとおしゃべりしたい……。

ほかのニュースね……片耳《かたみみ》にピアスの穴《あな》を二個《こ》、もう片方には三個あけようかと思ってるんだ。一個あけてもらったとき、一緒《いっしょ》に行ったのおぼえてる? あれすっごくおもしろかった(あんたの両親、一個だけならあけさせてくれそう? 両親の関心《かんしん》がほかに行ってるいまのうちにあけちゃえば? ハンナも両耳に二個ずつあけに行くんだよ。一緒に行くの。今度は気絶《きぜつ》したふりはしないって約束《やくそく》する(前にあたしがそれをやったとき、あんた消えちゃいたいって顔してたよね!!!!)。

とにかく……事態《じたい》がよくなるといいね。

もうこのへんでね。

いつも変《か》わらない

タラ☆スターより

エリザベス

二月四日

タラ★スターへ

ママは最善《さいぜん》をつくしてるのよ。わかるでしょう？　ちょっとは信《しん》じてあげて。ねえ、あなたってときどき人にたいしてすごくきびしくなるのね。ものごとはこうあるべきだ、なにが正しくてなにがまちがってるか、なにがほんとうでなにが嘘《うそ》かという考えに凝《こ》りかたまっていて、ぜったいそこから離《はな》れない。ものごとを頭から決めつけないでといいたいけど、人の反応《はんのう》をコントロールできないのはわかってるわ。ジャクソン先生がそういったの。先生はセラピストでもなんでもないけど、すごくいいことをいうのよ（また話をしたの）。でも先生のいうとおりだと思う。自分がやったり、いったりすることに人がどう反応するか、そこまでコントロールはできないもの。どう反応するかは、その人しだいだから。だから、決めつけないでとはいわないけど、そうであってほしいと思うわ。でもママの立場も考えてみて。バーブならうちのママみたいにじっと耐《た》えるようなことはしなかったかもしれないけど、バーブとママは別々《べつべつ》の人間なのよ。パパの奥《おく》さんでいるのって、すごく大変《たいへん》なんだと思う。ママはかなり前から仕事をしたかったのよ。だって一日じゅううちにいるのってつまらなそうじゃない？　でも、仕事に出たいといわれて、パパがどう反応《はんのう》したか、わかったものじゃないわ。もしかしたら、ママをおどすかどうかしたかもしれない。だからママはなまけものなわけじゃないの。たぶんこわかったんだわ。それに、いまママが中心になって動いていること、わたしは**すごく**誇《ほこ》りに思ってるの。あなたは、もっと前からそうするべきだったんだと思っているかもしれないけどね。

あなたに怒《おこ》ってるんじゃないのよ、タラ。でも自分の目だけじゃなくて、他人の目を通してものごとを見てくれたらいいのにと思ってるの。パパのことは——わたしもすごく腹《はら》を立ててるわ。でもパパのしていることが子どもっぽいとはいいきれないわ。たしかに子どもっぽくないとはいわないけど、ほかにもなにかあるんじゃないかと思うの。たぶん問題があるのよ。精神的《せいしんてき》な問題が。よくわからないけど。

クレジットカード会社の人たちはほんとにわたしたちを追いまわしてるわ。手紙を送りつけてくるだけじゃなく（前よりぐんと数もふえたの）、ひっきりなしに電話もかけてくるし（わたしたちはもう電話に出ちゃいけないのよ。留守番《るすばん》電話にしてあるの）、二度ばかりうちまでおしかけてもきたのよ。さいわいママがカード会社の人だと気づいて、ベルにはこたえずに隠《かく》れていなさいといったの。でも聞いて。パパったらいまだにクレジットカードで買い物をしてるのよ（まだ問題を起こしていないカードを使ってるの）。そうでもしないとものが買えないからでもあるんだけど、やっぱりどこかおかしいんだと思うわ。先週はエマに、中にはいって遊べるプレイハウスを買ったのよ。きのう届《とど》いたの。ママもたまりかねたみたい——露骨《ろこつ》に「どうかしてるんじゃない？」という目でパパを見たもの。わたし、パパが泣《な》きだすんじゃないかと思ったわ。パパはでも「すまない」とだけいって、そばから離《はな》れたの。

ここからがすごいところ。ママはぴんと背《せ》すじをのばして電話に歩みより、おもちゃ屋に電話をかけてプレイハウスをひきとりにきてほしいといったの。まちがいだから、といったのよ。払《はら》えないからって。パパはうんともすんともいわなかった。このところ、パパはすごく静《しず》かなの。ママはしょっちゅう電話をかけてるわ。なにかするつもりなのよ（取りしきっているの、タラ）。ママとふたりだけで話しあったらすぐに、どういうことなのかわかると思うわ。

あなたの生活がめちゃくちゃになってるの、とてもかわいそう。でも、すぐよくなるわよ。わたしのまわりでいいことといったら、あなたの生活だけだもの。劇《げき》の初日の夜の話をずっと待ってたのに、耳にはいってくるのは延期《えんき》パーティーの話ばっかり。なんてね。でも、ほんとに残念《ざんねん》。初日はいったいいつになるの？（わたしも見られたらいいのに。）

アレックスのこと——ひどい男！　でもわたしのクラスの男子のことを考えると……つばまみ

れのチートス入《い》りキスはだれからもされたくないわ。気持ち悪いもの。べとべとでしょ。それに男子たちって、だれかが椅子《いす》にすわったままうしろむきにひっくりかえるのが世界一楽しいことだと思ってるのよ。お願《ねが》い、大人《おとな》になって。いいかげんにしてよ、って感じじゃない？

エリザ☆ベスより

P・S　あなたとハンナはもうピアスの穴《あな》をあけた？　知りたくてたまらないわ。

P・P・S　わたしはまだあけたくないような気持ち。たしかに、いまならできるかもね。でももうちょっと大人になるまで待つわ。

二月十日

エリザ★ベスへ

あんたの手紙を読んで返事を書くとき、どうすればいいのか、なんて書けばいいのかときどきわからなくなる！！！！！

だってさ‥

あたしには目はふたつしかない、**自分の目だけ**だよ——で、ときどきあんたが見たくないものが見えちゃうの……**あんたはあたしの親友だよ！！！！**　なのに重要《じゅうよう》なことを見ても、なにもいっちゃいけないなんてへんじゃない？？？？？

あんたが大変《たいへん》なのはわかってる。だから‥

1　あんたにたいして極端《きょくたん》なことをいわないよう気をつけてる。

2　あたしのほんとの気持ちを見せないようにしてる——すごくうれしいことも、悲しいことも（だってあたしの悩《なや》みなんて、すっごくちっぽけなことに思えるしさ。めちゃくちゃあたしをへこませたできごとは、チートス・キスしたやつにふられたことだけど、あんたの場合は、カード会社の人間に見つからないようソファのうしろに隠《かく》れ、電話に出ないようにしなくちゃならないんだもんね。あたしだったら、電話のコードをひきちぎっちゃう！！！）

ときどきあんたにも腹《はら》が立つよ。もっと強くなれ、お父さんのところへずんずん近づいてって、「やめなさい」って命令《めいれい》してやれ、って大声でいいたい（あんたもがんばってるのはわかるけど……でも、なんかどでかいことをするか、すべてが一変《いっぺん》しちゃうような魔法《まほう》の言葉をいうかしてほしいな）。

ああでもさ、エリザ★ベス……いま、自分の書いたことを読みなおしてみたけど、魔法の解決《かいけつ》法《ほう》なんてあるわけないし、あんたとお母さんの気持ちもわかるんだ——ふたりでもっとしっかりしなきゃ、変《か》わらなくちゃって思ってるんだよね。だけどあんたのお父さんがやってることをやめさせるには、〝ガツンと一発〟やらなくちゃ。まだ手ぬるいよ。

ねえ、エリザ★ベス——あたし自分が他人の目でものごとを見てないってこと、わかってるんだ。自分自身に起きていることだって、はっきり見るのがつらいことがときどきあるんだもの（だから……ちょっと近眼《きんがん》になっちゃうことがあるんだよ、たとえていえば）。でもあたしが心配してるのはわかるでしょ――それにあたしが正しいことが多いのもわかるよね。いつもじゃないけど、たいていは。

だからね、心配だからあんたを助けようといろんなことをいうだけなんだよ、それはわかってくれなくちゃ（それにどう考えても、あんたもお母さんももっといろいろやるべきだと思う）。

オッケー……それじゃ、ご希望のニュースね。

お芝居《しばい》はついに上演《じょうえん》された……せりふはばっちりだったよ（でも、ルークが撮《と》ったビデオを見たら、第一幕《まく》のあいだじゅうずっとブラのひもが見えてんだ。サイテー！！！！）。それから、あたしの〝兄弟〟のひとりが靴《くつ》ひもをふんづけてころんじゃってさ、鼻血を出しちゃったの（シャツに血がついてひどいことになったんだけど、衣装《いしょう》の替《か》えがなかったから、第二幕では『ゆかいなブレディ一家』ってロゴ入《い》りのトレーナーを着たんだよ）。犬が舞台《ぶたい》でおしっこしちゃって……アレックスがそれにすべった（いい気味《きみ》）。

打ちあげはすごく楽しかった――音楽を聞いたり、ダンスしたり（チートスの投げっこもすこし）。べとべとキスはなかったけど、鼻ほじりの好《す》きなアルヴィン・〝ガリ勉《べん》〟・ヘンダーソンたら、女子たちにきみたちの鼻もよろこんでほじってやるっていったんだよ（だけどおかしかった

んだ、アルヴィンったらダニエル・バンフォードの鼻をほじってやるっていったの。鼻持ちならない女子だからって）。
あたしはピアスの穴《あな》をあけた（またも）。ハンナもだよ。でもあたしがいっつもエリザベスって呼《よ》びちがえるから、すごく怒《おこ》ってる。

タラ☆スターより

二月十四日

エリザベス

タラへ

　この手紙はヴァレンタイン・デーのカードになる予定だったけど、あなたの今度の手紙を読んだあと、わたしはもうあなたが理解《りかい》できなくなりました。タラ、どういうこと？　自分の言葉に耳を傾《かたむ》けたことあるの？　わたしのいうことちゃんと聞いてるの？　友だちと呼《よ》ぶ人に同情《どうじょう》することさえできないの？　〝同情〟という言葉を辞書《じしょ》でひいてみてよ。定義《ていぎ》のひとつは、〝他人の心理状態《しんりじょうたい》、気持ち、感情《かんじょう》などに配慮《はいりょ》する能力《のうりょく》〟よ。あなたにはもうその能力がないの？　わたし、思い出そうとしているの、あなたがこれまでずっと非同情的《ひどうじょうてき》で独断的《どくだんてき》だったのに、わたしがただ気づかなかったのか、それとも最近《さいきん》そうなったのか。

　タラ、あなたってわたしがいっていることをほんとに聞いていないのね。そしてたまたまなにかちょっと聞いたら聞いたで、気に入《い》らないと決めつけるんだわ。どうすればわかってもらえるの？　オハイオまで飛《と》んでいって、肩《かた》をつかんでゆさぶらなくちゃだめなの？

よく聞いて。

ママもわたしもちゃんと行動してるっていってるじゃない。この前の手紙で、あのママがお店に電話して、プレイハウスのお金は払《はら》えないと認《みと》めたと書いたでしょう。ママはなにかするつもりでいると書いたじゃない（なにかはまだ不明だけど）。大事なのは、ママが主導権《しゅどうけん》をにぎっているってことなのよ。それなのにあなたはママのやりかたが自分とちがうだけでがまんできないのね。あなたのほうこそ問題があるんじゃないの、タラ。

問題といえば、パパには問題があると書いたでしょう。ふつうじゃないの。病気みたいなものなのよ。**病気なの、**タラ。いくら悪いこと、まちがったことをしたといっても病気なのよ、それでも同情《どうじょう》できないの？

だったらしかたないわ。わたし、もうあなたに手紙を書けそうもないわ。こんなに時間をついやしてまで自分の立場を訴《うった》える必要《ひつよう》なんてないから。ママとふたりでものごとを変えていくことに全精力《ぜんせいりょく》を使わなくちゃならないのよ。それに、あなたのこともう友だちとは思えなくなったの、タラ。

もうだめね。

P・S　ベルが鳴るとソファのうしろに隠《かく》れるなんていってないわ。隠れるといっただけよ。あなたが勝手につくってるのよ、タラ、そしてそれをもとにいろいろ意見を述《の》べて、しかりつけてるんだわ。

せいぜい楽しく暮《く》らしてね、タラ。

さよなら

エリザベス

二月十八日

エリザベス――

永遠《えいえん》にさよなら。

なんであんな手紙が書けんの？

親友づらして悪かったね。

あきらかに、それがあんたには気に入《い》らなかったわけだ――だからもう一度、永遠にさよなら……。

……だけどその前にいっておきたいことがいくつかあるよ。
1　じゃ、ソファのうしろに隠《かく》れているんじゃないんだ――でも〝隠れてる〟っていったじゃない……いったよね？　だからソファのうしろだと想像《そうぞう》したんだよ。あたしの〝いきいきした想像力〟が好《す》きだっていつもいってたじゃん。

2　あんたのお父さんは〝病気〟なんだ。あのさ、エリザベス……好きなように考えていいし——百歩ゆずってあんたが正しいのかもしれないよ——でも、このことにはふれずにいたけど、あたしがあんたのお父さんを好きじゃないのは知ってるよね。いつもあたしには冷《つめ》たかったもん。あたしたちがつきあうのをだまっていたのは、あんたとお母さんの手前そうしなきゃならなかったからだよ。いつだってすごく〝いばってた〟もん。だれが〝独断的《どくだんてき》〟かっていったら、それはあんたのお父さんだよ。

3　あんたなんか友だちじゃなくていいよ。こっちに友だちはいっぱいいるし……そっちにもいっぱいいたし（いまもいるし）。でも心配ご無用《むよう》、あんたの家庭の問題を話題にしたりはぜったいしないから（これまでもしたことない。あたしはあんたが思ってるよりましな友だちだったんだ。いつだってあんたを応援《おうえん》してた——みんながあんたのことはずかしがりで、おとなしいっていったときや、あんたがほとんどだれともしゃべらないからって、〝すかしてる〟って思う人がいたときだってね——あたしはそういう人たちにいつも、あんたはやさしくて、頭がよくて、おもしろくて、楽しい子だよっていってたんだ。でももういわない）。あたしはいじわるじゃないから、あんたみたいに〝せいぜい楽しく暮《く》らして〟なんて言葉でこの手紙を終わらせないよ……
結《むす》びはこう。〝わざわざありがとう。いわれなくたってめいっぱい楽しむよ〟

タラ☆スター

エリザ★ベス――

手紙ちょうだいよ。あんたのことが心配なんだ。

二月二十五日

タラ☆スター

ほんとに心配なんだよ。
それに、さびしい。

三月四日

エリザ★ベス

友だちはいっぱいいるって書いたけど……でも、あんたみたいな友だちはいないの。こっちで起きるいろんなことを、あんたにしゃべったり、書いたりしたいんだ。あんたみたいにあたしをわかってくれる子はいないもの（それに、あたしみたいにあんたをわかってあげる子も、ぜったいいないと思う）。

ずっと考えてたんだ。もしかしたらあたしはちょっと独断的《どくだんてき》かもしれない――それにちゃんと聞いてないこともあるかも……でもあんただって、いつもはっきりものをいうほうじゃないからさ、だからあたしはそのギャップをうめようとしてるんだ。バーブがいうんだよ、あたしはまだまだ子どもだって。完璧《かんぺき》じゃないからって自分をあまり責《せ》めるべきじゃない、完璧な人なんかいないんだから、ともいうんだ。だから、あんたを怒《おこ》らせちゃったのは悪いと思ってるけど、あたしたちどっちも完璧じゃないんだよ。
どうか返事をちょうだい——じゃなければ、あんたのとこの留守電《るすでん》に残《のこ》したあたしのメッセージに答えてよ。

タラ☆スターより

三月十一日

もういいや。こうするよ。

あたしの友だちでいたくないなら——かまわない。

でもひとつお願《ねが》いがあるんだ。このはがきに記入《きにゅう》して（あたしに送りたくないなら、バーブあてに送って）。

□わたしは生きていて元気だし、家族も元気。
□わたしの人生はめちゃくちゃだけど、ほっといて。ちゃんと生きてるから。
□わたしを助けてくれる人に相談《そうだん》してる。
□あなた、タラ★スターが後悔《こうかい》しているのはわかるから、ゆるす。
□わたし、エリザ★ベスも後悔しているし、さびしい。

さよなら
タラ☆スター

エリザベス

三月十七日

☑わたしは生きていて元気だし、家族も元気。
□わたしの人生はめちゃくちゃだけど、ほっといて。ちゃんと生きてるから。
☑わたしを助けてくれる人に相談《そうだん》してる。
☑あなた、タラ★スターが後悔《こうかい》しているのはわかるから、ゆるす。
☑わたし、エリザ★ベスも後悔しているし、さびしい。

タラ★スターへ

このはがきだけを送りかえすつもりだったけれど、あなたにひとつとても重要《じゅうよう》な質問《しつもん》をする必《ひっ》確認《かくにん》しないとね。**わたし**はまだ要《よう》があるの。まだ友だちでいたい？　たぶんそうだと思うけど、友だちでいたいわ。それに、話したいことが**どっさり**あるのよ。

エリザベスより

三月二十二日

エリザベス

イエス！　イエス！！！　イエス！！！！！！！！！！！！！！

もちろん、まだ友だちでいたいよ。

どういうことになってるのか教えて！！！！！！！！！！！！！！！！！

タラ☆スターより

エリザベス

三月二十八日

タラ★スターへ

この手紙でなにをいうべきかずっと考えていたの。まず率直《そっちょく》で正直《しょうじき》であること、そしてわたしの本心を包《つつ》みかくさず話すことからはじめなくちゃと思っているわ。手紙でけんかしたのは悪かったけれど、すべて本気でいったことだから、そのことは後悔《こうかい》していない（たとえ紙の上でも、ものごとははっきりいう、これがいまのわたしよ）。でも、せいぜい楽しく暮《く》らしてといったのはよくなかった、あやまるわ。いじわるなせりふだもの、わかってるの。

自分が独断的《どくだんてき》で、完璧《かんぺき》じゃないことをあなたは認《みと》めたのね。だからわたしも、ものごとをはっきりいわないのを認めるわ。ほんとのことだし。でも、変《か》わりつつあるのもほんとよ。それに前よりよくしゃべっているわ。いまのわたしを見てほしいくらい。いつまでたっても変わらないなんて思わないで。ほんとは変わってほしくないと思ってるから、わたしの変化《へんか》に気づかないだけかもしれないわよ（ママのことも前のママしか想像《そうぞう》できないでしょう?） ちがう? それとも、手紙だけの友だちでいるのってすごくむずかしいのかもしれないわ。いまも毎日会っていたら、わたしたちの友情《ゆうじょう》はちがうものになっていたような気がするの。

とにかく、けんかはよくなかったわ。あなたがいなくてさびしいし、あなたが大好《だいす》きだし、あなたがわたしの友だちでいてくれてうれしい。いろんなできごとがあったのに、それを次々に知らせることができなくて、すごくさびしかったわ。でも、ジャクソン先生には話しているの。いままではしょっちゅう話しているわ。それに詩もどんどん書いて、見せているの。先生はすごくほめてくれるの。先生と話すのは好きだけど、同じ年の友だちに話すのとはぜんぜんちがうのよね。長年知っている友だち。自分のことをなんでも知っている友だち。それはあなたよ、タラ。

というわけで……どんなことがあったのか、いまから書くわ。ほんとにいろいろあったのよ。たぶんすぐには信《しん》じられないと思うけれど、すみからすみまでほんとのことなの。

まず最初《さいしょ》に封筒《ふうとう》の住所をよく見て。もうじきこの住所は見られなくなるの。わたしたち引《ひ》っ越《こ》すの。しかも、1LDKのアパートに。ベッドルームはエマとわたしのものだから、パパとママは居間《いま》で寝《ね》ることになると思う。部屋《へや》はそれで全部で、あとはキッチンとバスルームがあるだけ。十六の部屋にあった家具をどうやってそこにつめこむのかって思うでしょう? つめこまない（あたりまえ）。大部分は売り払《はら》っちゃうの。土曜日に。状況《じょうきょう》のわりに、わたし冷静《れいせい》でしょ?

ほんとのことというと（へんだと思われるかもしれないけど）、ほっとしてるの。すごくほっとした。だって借金地獄《しゃっきんじごく》からぬけだすには、こうするしかないんだもの。それに、ホームレスになるんじゃないかとおそれていたことを思えば、なんでもないわ。ちゃんとしたアパートなんだから。ベッドルームやキッチンもあるんだし。

エマとわたしでどんな部屋《へや》にするかもう決めたのよ。今度は二段《だん》ベッドなの（ヴァリュー・タウンの安物）。それは部屋のすみにおく（二段ベッドだとすこしでも部屋が広く使えるでしょ）。それからエマのものを全部部屋の片側《かたがわ》にまとめ、わたしのものは全部反対側《はんたいがわ》にまとめるの。めいめいの壁《かべ》は好《す》きなように飾《かざ》っていいのよ。それがとりきめなの。たとえエマが、あのぞっとしちゃうピエロのポスターを飾ってもね。

話がそれちゃった。二月のなかごろにさかのぼらなくちゃね。ママがある夜、わたしの部屋へ話をしにきたの。わたしはもうベッドにはいってたんだけど、明かりはまだ消していなかったわ。ママはベッドの端《はし》にすわって、家計のことを全部話しはじめた

の。会計士《かいけいし》や弁護士《べんごし》に会いにいってきたんだって。パパのせいで、わたしたちはほんとに大変《たいへん》なことになっていたのよ（気づいてた？　パパのせいで泥沼《どろぬま》にはまりこんだわたしたちを、ママがひっぱりだそうとしてるの。ママは全部ひとりでやっているの。いまのパパはただぶらぶらして、テレビショッピングを見てるだけ――でも、もうクレジットカードがないからなんにも注文《ちゅうもん》できないわ）。会計士も弁護士もママにこういったの、ここからぬけだすには家と家財道具《かざいどうぐ》の大部分を売って、そのお金で借金《しゃっきん》を返すしかないって。借金のほとんどを（足りない分はママの両親が助けてくれると思う）。そうすれば、一からやりなおせるのよ。

さあ、タラ、ここからがすごいの。アパートの家賃《やちん》を、どうやって払《はら》うんだと思う？　ママが働《はたら》くことになったの。お給料《きゅうりょう》がもらえるちゃんとした仕事よ。ケイトのキッチンでね。すごいでしょう？　開発部長《かいはつぶちょう》（ってなんだか知らないけど）がやめたので、ケイト（この人が社長さんなの、意外にも）がママを穴《あな》うめに雇《やと》ってくれたのよ。家はまだ売ってないけど、ママはもう働きはじめたわ。事実上《じじつじょう》は売ったも同然《どうぜん》だけど。ただ、まだ手つづきがすんでないし、アパートもまだ空《あ》いてないから、うちにいるのよ（でもジャンヌマリーとマーサはやめたわ。会計士に会って帰ってきたその日の午後に、ママがふたりにやめてくれるよう頼《たの》んだの。マーサは出ていくとき泣《な》いたし、ジャンヌマリーはいつでも電話してねとわたしにいってくれたわ。わたしもそうするつもり）。

こんなに早く家が売れたのは、次のようなわけなの。二年前の夏、うちの前庭にすわって、あなたとマニキュアのぬりっこしてた日、一台の車がとまって女の人がおりてきたの、おぼえてる？　その人はご両親はおうちにいらっしゃる？　って聞いて、ママが出てきたら、こんな美しい家は見たことがないっていったの。そしてママに名刺《めいし》をわたして、もし家を売る気になったときはまっさきに電話をくださいっていったのよ。

思い出した？　あなたもわたしも笑《わら》ってたわ。そんなのありえないって思ったからよ。人のうちに車を乗りつけて、「なんてすてきなご主人をお持ちなんでしょう。その方《かた》にあきたら、知らせてくださいね」っていってるみたいなものじゃない。ママがどう思ったのか知らないけれど、ママはその女の人の名刺を取っておいたのよ。だれがうちを買うか、わかった？　そう、あの女の人とそのご主人なの。フランクリン夫妻《ふさい》。ふたりとも興奮《こうふん》してたわ。値段《ねだん》にも文句《もんく》ひとつつけなかったのよ。書類《しょるい》にサインがされしだい、ママがつけた値段で買い取ってくれそうよ。もうあしたにでも。それから、前にいったように、土曜日にはガレージセールがあるの。その次の土曜にわたしたちはアパートに移《うつ》る予定。次の手紙はセールのことになるわね、きっと。

そういうわけ。でもこれはほんのあらましよ。主《おも》なできごとをざっと書いただけ。それがさらにこまかく枝《えだ》わかれしていて、たくさんのくわしいいきさつがあるんだけど、本をまるごと書くみたいで疲《つか》れるから、ここでやめておくわ。

お願《ねが》い、すぐに返事ちょうだいね、タラ。お願い、お願い。あなたからの返事が待ちきれないの。

わたしにいいたいことがいっぱいあったんでしょう。どんなこと？　耳以外《いがい》にもピアスの穴《あな》をあけたの？　バーブやルークは元気？　バーブはもう〝に○○○〟した？（そのことは二度と聞かないって約束《やくそく》したけど、聞いてないわよ、だって言葉をちゃんと書いてないもの。）

会いたいわ。

エリザベスより

P・S　わたしの名前から★がなくなってるのに気づいたでしょ。怒《おこ》ってるんじゃないのよ、タラ。ほんと。ただ★はわたしらしくないだけ。

P・P・S　**お願い**、あなたの毎日のこと、教えて。わたしは聞いてばっかり、あなたは楽しいことはわたしにいえないっていってばっかりだけど、わたしから聞いてるんだからだいじょうぶよ。だから教えて！！！！

三月三十一日

エリザベスへ

おぉぉぉ！！！！


あんたのニュース、はんぱじゃないね。

そんなに冷静《れいせい》でいられるのが信《しん》じられないよ（好《す》きで冷静でいるわけじゃないと思うけど）。

返事はリストにして書くね。そうじゃないと、まとめられないんだ。

1　またけんかするのはまっぴらだけど、ここはどうしても自己弁護《じこべんご》したいんだ。**あんたが変《か》わりはじめてるのはちゃんとわかってるよ**……あんたが感じたとおりにしゃべったり、やりたいとおりのことをやったりできるようになってほしいと、これまでずっと思ってたんだもの（いつもってわけじゃないにしても）。だけどあんまり変わりすぎちゃうのはいやだな。すっっっごく大人《おとな》っぽくなったり、あんまりまじめになりすぎたりするのはね……だって、あたしたちは子どもなんだから（自分の家族の中では大人にならなくちゃっていつも思ってたけど、それはおもしろかったからなの。あんたの問題は深刻《しんこく》すぎるもん）。どっちにしても、あんたってすごいよ……あんたのお母さんの行動力にもびっくりした……新しい仕事についたり、家や家財道具《かざいどうぐ》を売ったり。**あんたが変《か》わっていくのが目に見えるみたい。**ひとつだけ心配なことがあるんだけどさ……あたしがあんたに賛成《さんせい》しなかったり、あんたとちがうものの見かたをしたりすると、あんたいつも怒《おこ》らない？（なんかあんたに責《せ》められてるみたいな気がするんだよね。）お互《たが》い会わないで手紙を書くだけのつきあいって、すっっっっっっごくむずかしいことだよ。ときどきあたしたちの友情《ゆうじょう》がきびしいトレーニングみたいに思えてくる。会ってたときはなんでもなかったのに、いまはなんていうか、ずいぶんあのころとはちがうもん。でもいつまでも友だちでいたいね。おばあさんになって、揺《ゆ》り椅子《いす》で編《あ》み物しながらおしゃべりしてるシーンが目にうかばない？（たぶんあんたは編み物で、あたしはかたっぱしからスパンコールやビーズをぬいつけてるの。）

2　ジャクソン先生に家の事情《じじょう》を相談《そうだん》してるのはすごくいいことだよ。あたしさ、あんたの相談相手があたししかいないと思って、ほんとに心配だったんだ。なんだかんだあんたに助言しようとしてたのは、そのせいもあるんだよ。

3　そんなせまい家に引《ひ》っ越《こ》さなくちゃならないなんて、かわいそう。ルークとバーブとあたしが1LDKのアパートで暮《く》らしてたときのこと、おぼえてるよ（居間《いま》で寝《ね》なきゃならなかったのはあたしだった……うちではそれが最善《さいぜん》の方法《ほうほう》だったんだ。ルークとバーブにはプライバシーがどっさり必要《ひつよう》だから）。あんたにとってそういう生活がプラスになるのかどうか見当もつかないけど、うまくいくといいね（ピエロのポスターはダーツの的《まと》にしちゃえば？）。あんたがどんな家で手紙を開封《かいふう》するのか知らないで手紙を書くのって、なんかへんな気持ち。新しい家にはどんなものを持っていけそう？　テレビは？（あれば、あんたのお父さんはあいかわらずテレビショッピングを見られるよ……ああ、エリザベス、わかってる、これがいじわるな発言だってことは……でも、あたしが別人《べつじん》みたいに変《か》わるのは無理《むり》だよ……すくなくともお父さんに関《かん》することでは。）

じゃそろそろあたしと家族についての質問《しつもん》にお答えしちゃいます……あれからピアスはあけてないよ（予定もなし）。赤紫《あかむらさき》のマニキュアをぬって、ちっちゃなラインストーンを貼《は》りつけた。バーブと〝に〟がつく言葉だけど、**ありえないって!!!!!!**　バーブは今週風邪《かぜ》をひいて気持ち悪いらしい……だから〝に〟のつく言葉といったら、にくを食べてオエッ、においをかいでゲエッ、にんにくで疲労回復《ひろうかいふく》ってな感じかな。先週から同じ症状《しょうじょう》だったルークにうつされたと思ってるみたいだよ。あたしにまでうつさないでほしいとひたすら思ってるの。だって来週は**デート**なんだ……**中三**の子とつきあってるんだ。ヴィニーっていうの。すっっっごくかっこよくてね……頭がよくて……それにチートスを食べない！！！！！　ルークはヴィニーのこと、あたしには年上すぎると思ってるんだよ（ルークったら、あたしが大人《おとな》っぽくなってきたことにへんに反応《はんのう》しちゃってさ、これまで以上《いじょう》にいっぱい決まりごとをつくってるんだ）。

とにかく、また友だちにもどれてほんとに、心から、すご～くうれしいよ。

タラ☆スターより

（あたしはまだ気に入《い》ってるから名前に星をつけてるけど、あんたが名前を元にもどしたからって、気になんてしないよ。頭の中ではずっとあんたのことエリザベスって呼《よ》んでたし……新しい名前にしたがったのはあんたのほうだったしね……これからもあたしたち新しいことに挑戦《ちょうせん》するだろうけど、全部が全部うまくいくとはかぎらないし）じゃ、またね。

P・S　これからはがまんしないようにするね……あんたがめげてるときにこんなに楽しくてい

いのかって思っても、あたしの人生でなにが起きてるかちゃんと〝いう〟ようにするよ。で、こうなってるの‥

1　いろんなグループの友だちができて、しょっちゅうパーティーに行ってる。

2　ルークとバーブがあたし専用《せんよう》の電話を引いてくれた――わんさと電話がかかってくるんだよ。欠点《けってん》は、電話代を〝払《はら》う〟かわりに皿洗《さらあら》いをしなくちゃいけないことかな。

3　二週間前から学校新聞に参加《さんか》してるんだけど、顧問《こもん》の先生から早くも〝期待の星《スター》〟って呼《よ》ばれてるんだ（どうせならただのSTAR《スター》じゃなく、あたしの名前と同じRがふたつのSTARR《スター》で呼んでほしかった）。

四月五日

エリザベス

タラ★スターへ

二日前に手紙を受け取ったんだけど、返事を書こうとするたびに邪魔《じゃま》がはいったの。ほんとはすぐに返事を書きたかったのよ。手紙友だちのままでがまんしなくちゃならないとしても、仲なおりできてまた友だちになれたのがすごくうれしかったから。とにかく、やっと返事を書く暇《ひま》ができたってわけ。

タラ、わたしはあなたが名前に星を入れたままでいてくれるといいと思ってたわ（いまじゃ期待の星なんだからなおさらよ）。わたしが星をはぶいたからって、あなたまではぶくべきだなんて思ってないわ。それに、新しい名前をほしがったのがわたしだってこともわかってるし。あなたが強制《きょうせい》したなんて非難《ひなん》するつもりもぜんぜんない。ただ、よく考えてみたらわたしはエリザ★ベスより、ふつうのエリザベスってほうが性《しょう》に合ってると思ったの。それにエリザベスが好《す》きなのよ。それだけのこと。

バーブのぐあいはどう？　よくなってるといいけれど。いやな風邪《かぜ》よね。エマが先月かかったの。幼稚園《ようちえん》ではやってたんだけど、さいわい、家族はだれもうつらなかったわ。

さあ、どうなったと思う？　土曜日に家財道具《かざいどうぐ》を売ったのよ。大部分。あのね、競売人《きょうばいにん》が銀行の人たちと一緒《いっしょ》にやってきて、うちの庭ですべてを競売にかけたの。そんな話、これまで聞いたことある？　競売人は高値《たかね》で売りさばいてくれたわ。銀行の人たちもよろこんでたみたい（それも当然《とうぜん》よ。だってもうけはまるごと銀行のものになって、うちの借金《しゃっきん》の返済《へんさい》にあてられるんだもの）。とにかく、どんなふうに競売のうわさがつたわったのか知らないけど、すごい数の人が見にやってきたの（そうね、二百人ぐらい）。競売に参加《さんか》した人たちって、見ものだったわよ。ほんとにほしいものがあると、相手の言い値《ね》に負けまいと、どんどん値段《ねだん》をつりあげていくの。ある女の人なんて、アンティークの机《つくえ》を七千ドルで買ったのよ。せり値《ね》は千五百ドルからだったのに。

とにかく、以下《いか》がわたしたちが新しいアパートに持っていくもの。

エマのたんす　　ソファベッド
わたしのたんす　　パパとママのたんす

わたしの机《つくえ》
わたしの本棚《ほんだな》
エマのおもちゃをたくさん
洋服
わたしの持ち物
（本ややりかけの研究課題《けんきゅうかだい》など）
わたしのミシン
エマのピエロのポスター

ひじかけ椅子《いす》
テレビ
コーヒーテーブル
キッチンテーブルと椅子
ステレオ
時計などの小物
台所用品

ね？　そう悪くないでしょ。数がへっただけよ。すべてがへったわ。ものも、スペースも。そしてわたしに関《かん》するかぎり、心配ごともね。タラ、わたしのこと好《す》きで冷静《れいせい》でいるわけじゃないって書いていたけど、わたしのこの前の手紙、読まなかったの？　**ほっとした**と書いてあったはずよ。あれはほんとうのことなの。わが家《や》の問題は終わりどころじゃないけれど、わたしたちは立ちなおろうとしているのよ、タラ。借金地獄《しゃっきんじごく》からはいあがろうとしているの。脅迫《きょうはく》の手紙も、パパが未払《みばら》いの品物《しなもの》を返せと玄関先《げんかんさき》でつめよる人たちも、もうこない。そもそも、ものがありすぎたんだと思うの。これからは家賃《やちん》の安い小さなアパート暮《ぐ》らしになるし、ママはケイトのキッチンで働《はたら》くことになるわ。最初《さいしょ》はたいしたお金はもらえないだろうけど、おじいちゃんとおばあちゃんが一年間は毎月足りない分を出してくれるといってきたの。それに十一月にはママが昇給《しょうきゅう》を約束《やくそく》されてるのよ。それまでほんの七カ月だわ（ケイトはいまからでももっと高いお給《きゅう》料《りょう》を払《はら》う気があったんだけど、ママは補助金《ほじょきん》とかいうものが支払《しはら》われるのを待ってるの）。

それからね、きのうジャクソン先生のオフィスにいたとき、最高《さいこう》にすてきなことが起きたの。新聞部で、生徒《せいと》たちに詩の雑誌《ざっし》を発行させる計画があるんだって。年に三回か四回発行されるの。ジャクソン先生が顧問《こもん》になって、そして——ほんとにこの計画が軌道《きどう》にのったら——わたしに編集長《へんしゅうちょう》をやってもらいたいっていうの。すごいでしょ？　このわたしが、詩の雑誌の編集長だなんて。年度末《ねんどまつ》の六月までに最初の一冊《さつ》を出せるように、先生はすぐにでもはじめたがっているわ。そうすれば、秋にはまた（もう中学二年よ！！！）次のが出せて、わたしは年間通して編集長ってことになるの。もう興奮《こうふん》しすぎちゃって息が苦しいくらい。

まだあるのよ。あと二日で引《ひ》っ越《こ》しなの。頭のどこかではそれが信《しん》じられなくて、落ちつかない気分。でも待ちきれない気持ちのほうが強いかな。ばかでかい家から家具がなくなってもう五日め、なんだか大きなお墓《はか》の中に暮《く》らしているような感じよ。がらんどうの部屋《へや》もいくつかあって、ほんとに声がこだまするの。引っ越すことになってよかった。なぜかあの映画《えいが》、『シャイニング』を連想《れんそう》してばかり——亡霊《ぼうれい》の出る巨大《きょだい》なホテルと、頭がおかしくなった父親が出てくるじゃない。フランクリン夫妻《ふさい》は来週末《らいしゅうまつ》この家に越《こ》してくることになってるの。

というわけで……**ヴィニーとのデートはどうだったの？**　キスされた？　どんな服を着ていったの？　どこへ行ったの？　ああ、早く聞きたい。

そうだ、もうちょっとで忘《わす》れるところだったわ——この手紙の封筒《ふうとう》、捨《す》てないで。新しい住所を書いておいたから。気づいた？　わたしたちのアパートはショッピングセンターのそばのあの建物《たてもの》なのよ。

すぐに返事書いてね（お願《ねが》い）。

エリザベスより

P・S　バーブとルークによろしくね。

P・P・S　あなたの爪《つめ》、いまはどんなふうなの？

四月十日

エリザベスへ

おぉ。ほんとにいろんなことが起きてるね。

あんたがいまの状《じょうきょう》況にほっとしていてよかった。あたしだったらぜったいあんたみたいに冷《れい》静《せい》じゃいられないよ。家《か》財《ざい》道《どう》具《ぐ》をいっさいがっさい競《きょう》売《ばい》で売り払《はら》っちゃったら、あたしはとてもそんな境《きょう》地《ち》になれない（競売にきた中に知りあいはいた？　七千ドルで売れた机《つくえ》って、前にあたしがうっかりソーダをこぼしちゃって、あんたのお父さんにどなられたあれ？……じっさいにはどなられたのはあのときだけじゃないけどさ。お父さん、どうしてるの？　すこしは調子がよくなった？）。競売のことで質《しつ》問《もん》したり、あれこれいったりして、あんたが気分を害《がい》さないといいんだけど。

あんたが引《ひ》っ越《こ》すそのアパートって、スージー・マルドレーが住んでるとこかな？　たぶんそうだよ。一度スージーはあそこでパジャマ・パーティーをやったことがあるけど、いいアパートのような気がした。そこに住むんだから、スージーと知りあいになれるかもね。すごくいい子だし、本を読むことも、文章を書くことも好《す》きな子だよ。ひょっとして、あんたの詩の雑誌《ざっし》のスタッフになるかもね。ところでおめでとう。すっっごい大ニュースじゃん！！　そうそう、あたしはうちの学校新聞でユーモア欄《らん》を担当《たんとう》することになってるんだ。題して〝タラ★スターの目〟（なんだか占《うらな》いコーナーみたいだけど、ほんとはあたしから見た社会時評《じひょう》ってやつなの……あたしがそういうの大好きなの知ってるよね）。

ヴィニーとのデートはサイテーだった。映画《えいが》のあいだずっと顔のニキビをつぶしててさ、ニキビをしぼりだしたり、ふきとったりした手であたしの手をにぎろうとするんだよ。ゲェだった。吐《は》きたくなっちゃった。

吐くっていえば、あんたにいうことがあるんだけど、二度とその話はしたくないし、口に出してほしくもないんだ。バーバラが妊娠《にんしん》したの。結局《けっきょく》、風邪《かぜ》じゃなかったんだよ。

あたしの爪《つめ》はというと、全部噛《か》み切っちゃった。

タラ☆スターより

エリザベス

四月十四日

タラ★スターへ

パパはいなくなったわ。わたしたちを捨《す》てたの。もっと早くこの話をしたかったんだけど――それが起きた日に――できなかったの。いまでも信《しん》じられない。わたしたちみんなよ。ママは茫《ぼう》然《ぜん》としてるし、エマは信じられないぐらいわがまま放題《ほうだい》なの（そうやって発散《はっさん》しているんだとママはいってるけど）。わたしも茫然自失《ぼうぜんじしつ》の状態《じょうたい》。でもね、これはぜったいだれにもいわないでほしいんだけど、わたし、心の片《かた》すみではほっとしてるの。家を売ったときみたいに。でもほっとしてるのはわたしのほんの一部よ。残《のこ》りは、うーん、よくわからない。

土曜日の引《ひ》っ越《こ》し当日のこと、パパはわたしたちと一緒《いっしょ》にアパートに行かなかったの。その日は朝早くわたしたちの家に引っ越し用トラックがやってきて、ふたりの引っ越し屋さんが家具や段《だん》ボール箱《ばこ》を積《つ》みこみ、町の反対側《はんたいがわ》にあるアパートへむかったわ。パパとママとわたしはトラッ

クに積《つ》まなかったこまごましたものをステーションワゴンのトランクに入れたの（ほかの車は全部オークションで売ったのよ、いったっけ？）。わたしはエマをチャイルドシートにすわらせてシートベルトをしめてやり、そのとなりにすわったわ。ママは前の助手席《じょしゅせき》のドアのそばに立っていた。みんな、パパが家から出てきて、アパートまで運転してくれるのを待っていたのよ。でもパパはポーチに立ったままで、ママを呼《よ》んだの。その瞬間《しゅんかん》に、まるでタイミングをはかったみたいに一台のタクシーがきてとまったのよ。すごく妙《みょう》だった。パパとママはポーチに立ったまま静《しず》かに話しあっていた――ほんの二、三分。それからふたりで車のほうへ歩いてきたの。パパが前を、ママがそのあとから。ふたりともすごく悲しそうに見えた。ほんとに……悲しそうだった。

　パパは腰《こし》をかがめてバックシートをのぞきこみ、

こういったわ。「おまえたちに話があるんだ。パパはきょうは一緒《いっしょ》に行かない。ひとりになる場所と時間が必要《ひつよう》なんだよ。片《かた》づけなくちゃならない問題がすこしあるんだ。だから……おまえたちとママとで、新しい家に行きなさい。来週連絡《れんらく》するから」そのあと、エマとわたしにキスしてタクシーに乗りこみ、行っちゃったの。

そういうわけ。

アパートに行くあいだ、ママもエマもわたしもひと言も口をきかなかったわ。ママは駐車場《ちゅうしゃじょう》に車を入れてわたしたちのスペース（二十八番）を見つけると、エンジンを切ってちょっとすわっていた。ふりかえったとき、泣《な》いてなどいなかったけれど、まるで別人《べつじん》みたいに見えたわ（どういう意味か自分でもよく説明《せつめい》できない）。

「エリザベス、エマ」ママはいったの。「こんなことになろうとは、思ってもいなかったわ」

タラ、あなたはたぶん信《しん》じないでしょうけど、わたしは信じる。あなただってあの場でママを見て、ママの声を聞いていたら、信じたと思うわ。まるでだれかがママにむかって、「奥様《おくさま》、結局《けっきょく》、世界は平《たい》らだったんですよ」といったみたいな感じだったわ。あてにしていたこと、当然《とうぜん》だと思っていたことが、じつはほんとじゃないってあきらかになったみたいだった。それまでなにひとつ疑《うたが》っていなかったのに、いきなり真実《しんじつ》をつきつけられたような感じよ。

「パパはママになにもいわなかったの？」わたしはたずねたわ。

「ひと言も。それにパパのものはすべて、さっき着ていた服は別《べつ》にして、引《ひ》っ越《こ》しトラックに積《つ》みこんだのよ」

「だったらちゃんと帰ってくるわ」わたしはいったの。

ママが答えないうちに、エマが口を出した。「いつ？　パパはいつ帰ってくるの？」

「わからないわ」ママは答えた。

そして、どうなったと思う？　それからもう一週間になるけれど、パパは電話一本よこさないのよ。行き先さえもわからないの。いったいどのくらい広い〝場所〟が必要《ひつよう》なのかしら？　〝来週〟連絡《れんらく》するといったくせに。わたしにとって来週とは、月曜から金曜までのどこかのことだわ。なのにきょうはもう土曜日。

最初《さいしょ》の二、三日、ママは荷《に》ほどきに専念《せんねん》していたの。パパのことはほうっておこうと決めていたのね。でも火曜日の夜には、気をもみはじめて、パパの弟や両親に電話をかけたわ。でもだれもパパの居所《いどころ》を知らないのよ。水曜になるとママは会社の人たちに電話したけど、パパから連絡のあった人はひとりもいなかった。

お金のことはなんとかやってるわ、タラ。ママはパパからの援助《えんじょ》はいっさいなしで、このアパートを借《か》りたの。ママの両親が賃貸契約《ちんたいけいやく》の連帯保証人《れんたいほしょうにん》になってくれたし、前に説明《せつめい》したように、ママが十一月に昇給《しょうきゅう》するまでは、おじいちゃんとおばあちゃんからちょっと助けてもらって、ママのお給料《きゅうりょう》で暮《く》らしていけるわ。だから基本的《きほんてき》ことがらはぜんぜん問題ないの——衣食住《いしょくじゅう》はね（ある意味、冬のころよりましなぐらい）。でも、**パパはどこに行ったのかしら？**　あなたがパパをきらってて、どうなってもかまわないと思うのはわかるけど、でもわたしのパパなのよ。わたしの人生の一部なの。いなくてさびしいかっていうと、よくわからないけど（最近《さいきん》のパパならさびしくないのはたしか）、心配なのよ。ママも心配してるわ。そしてエマはすごくさびしがってるの。エマは引《ひ》っ越《こ》しや、生活ががらりと変《か》わったことにも、混乱《こんらん》しているわ。いまでは、幼稚園《ようちえん》が終わったあとは、保育所《ほいくしょ》へ行ってるの。まだ幼稚園へ通っているのは、パパが八月にまる一年分の保育料《ほいくりょう》を払《はら》ったからなの。すごくご機嫌《きげん》ななめで、手がつけられないのよ。今朝《けさ》なんてあんまりわがままだから、アパートの外へ逃《に》げ出さなくちゃならなかったぐらい。このアパートのいいところはね、公立図書館までたったの二ブロックだってこと。だから、そこへ行ったの。いくつか詩を書いたわ。
　これはそのひとつ。

日々は花びらのように散《ち》って
わたしの足元に休む。
時間は刻々《こっこく》とすぎゆき

人々は通りを行きかう。

日々は花びらのように散《ち》る。

パパはいなくなった。


まだ題はないの。なにか思いつかない？

あなたに話すことが山ほどあるのよ、タラ。アパートのこと、ここでの最初《さいしょ》の一週間のこと、この近所の人たちのこと（ところで、このアパートには名前があるとわかったわ。「逃《に》げるシカ」っていうの。おかしいでしょ？　ここでシカを見た人がいたら、その人に千ドルあげてもいいわ。でも、積《つ》もる話は次の手紙に書くわね。

あとひとつだけ。バーブが妊娠《にんしん》したことは二度と口にしないでってあなたがいったのはわかってるけど、だまってろなんて無理《むり》じゃない？　だって、あなたの家に赤ちゃんが生まれる話をしないのは、居間《いま》にゾウがいるのにだまってるようなものだもの（これ、よくパパがいったせりふなの。ゾウのところだけど）。タラ、すばらしいニュースだと思うわ。バーブとルークにとって、ほんとにおめでたいことよ。いつか赤ちゃんに会いたいな。あなたのちっちゃな妹か弟のことを知らないでいるなんて、ぜったいいやよ。でも、あなたがうれしくないのはわかってるから、いまはこれだけにしておく。バーブとルークにわたしからおめでとういっておいてね。

たくさんの愛《あい》をこめて

エリザベスより

四月二十日

エリザベスへ

かわいそう。ほんとにかわいそうだ。ほかにどういえばいいのかわからないよ。あんまりひどいんだもの。あんたとお母さんとエマのことを思うと、胸《むね》がつぶれそう。

あんたのお父さんについてはもうなにもいわない。だってあんたのお父さんなんだし、あんたが気にかけて心配してるのはわかってるもの。

詩のことだけど……「花の気持ち」っていうタイトルはどうかな。だれか男の子を好《す》きになったとき、ふたりでよく花びら占《うらな》いしたじゃん……あんたはよく花びらが散《ち》ることを話題にしてたし。

エリザベス……あんたのお母さんが、お父さんがこんなことをするなんて知らなかったってこと、あたしは信《しん》じるよ。だから、まだわからないうちからあたしが信じるわけないって決めつけるのはやめて。あんたもお母さんも変《か》わりはじめているんでしょ。あたしも変わってみせるから。それに今度の場合は、あんたがいってることを疑《うたが》ってなんていないもの……う～ん、いやじつはね……あんたのお父さんのことはいろいろ疑ってるんだ……でもそれについてはあんたになにもいわないほうがいいって、あたしもわかってきたの。

エマがそんなに落ちこんでて、〝ご機嫌《きげん》ななめで、手がつけられない〟なんて、困《こま》ったね。エマやアパートから一時的《いちじてき》に避難《ひなん》できる図書館がすぐそばにあってよかったじゃん（あたしたちも図書館のそばに住んでるんだよ。今後はあたしにとっても便利《べんり》になりそう）。

早く落ちつくといいね。

バーバラとルーカスにおめでとうって伝《つた》えてってことだけど、住所は知ってるでしょ。ふたりに手紙を出せばいいじゃない。いまのところ、あたしたち口をきいていないんだ。

タラ☆スターより

エリザベス

四月二十六日

タラ★スターへ

もうちょっと先まで書いたら、赤○○○のことはもうひと言もいわないって約束《やくそく》するわ。ちょっとだけ、どうしてもいっておかなくちゃならないことがあるの。でもそのあとは、あなたが持ち出すまでは二度と話題にしないから。バーブとルークあての手紙を同封《どうふう》したの。住所は知ってるでしょ、ってあなたがいったのは承知《しょうち》の上だけど、それって、別個《べっこ》にふたりあての手紙を出すってことでしょう？　でも切手代を節約《せつやく》しようとしてるところなのよ（「逃《に》げるシカ」でベビーシッターをやってるから、おこづかいぐらいはかせいでるけど、できるだけ倹約《けんやく》しているの。そうせざるをえないのよ。一セントだって無駄《むだ》にはできないわ）。とにかく、あなたの両親あての手紙は別《べつ》の封筒《ふうとう》に入れて、封《ふう》をしてここに入れたから、あなたはぜんぜん見ないですむし、両親にもなにもいわなくていいの。封筒を見ればわかるわ。表《おもて》に「バーブとルークへ、エリザベスより」って書いてあるから。ね？　キッチンテーブルかどこかにおいておけばいいのよ。わかった？　ありがとう。赤〇〇〇についての話はこれで終わり。

さて、わたしたちが「逃《に》げるシカ」にきて三週間近くたったわ。いい点と悪い点は次のとおり。

いい点

経済的《けいざいてき》に無理《むり》がない。

おとなりさんが多い。

図書館から二ブロック。

ダンキン・ドーナツから四ブロック。

子どもむけレストランのチャッキー・チーズから六ブロック。

（これはエマにとってのいい点）

同じ学校の子が九人、ここに住んでいる。

うちは一階《かい》だから、小さな庭がある。

悪い点

あんまりすてきな家じゃない。

ときどき金魚鉢《きんぎょばち》の中で生活してるみたいな気持ちになる。

通りのむこう側《がわ》にガソリンスタンドが並《なら》んでる。

ファストフードのフレッズ・フィッシュ・フライから四ブロック。

チャッキー・チーズから六ブロック。

（これはわたしにとっての悪い点）

そのひとりが、カレン・フランクの親友。

ママが防犯設備《ぼうはんせつび》を不安がっている。

家の中はもうかなり整頓《せいとん》できたの。せまくるしいけど、そう悪くないわ。

でも、ああタラ、パパからの連絡《れんらく》はまだないのよ。だれも連絡をもらってないの。ママは警察《けいさつ》に捜索願《そうさくねが》いを出そうかと考えているけれど、問題は、パパが自分から出ていったということ。だって、しばらくひとりになる必要《ひつよう》があるってパパがわたしたちにいったのよ。会社から電話してきて、「あと十五分で帰るからね」といったあと、それっきりいなくなっちゃって、車が駐車《ちゅうしゃ》場《じょう》で見つかって、そこらじゅう血だらけだった、なんていうのとはちがうんだもの。パパはひとりで行くといって、どこかへ行っちゃっただけなのよ。そして約束《やくそく》したのに連絡してこないだけ。だからわたしたちは待ってるけど、いったいなにを待ってるのか、もうよくわからない。電話？　手紙？　親戚《しんせき》のおじさんが「よし、もう警察に行ったほうがいいな」というまで待つの？　三年たって、ママがすてきな人と出会って、結婚《けっこん》したくてもパパと離婚《りこん》していなくちゃだめだから、なんとかしてパパを見つけだそうってことになるまで待つの？

ママをこんな目にあわせてるパパにすごく腹《はら》が立つわ。だってママにはいますぐやらなくちゃならないことがいっぱいあるのよ。なのにこんな心配ごとまでしょいこまなくちゃならないわけ？　仕事について、エマを保育所《ほいくしょ》にやり、せまいアパート暮《ぐ》らしになって、なにもかもこれまでとはちがう生活の切りもりを、全部ひとりでやろうと必死《ひっし》になっているのよ。こういうことをしているシングルマザーがたくさんいるのは知っているけれど、ママにはそれになれる時間がせめてすこしは必要《ひつよう》なのよ。「逃《に》げるシカ」の人たちともっと親しくなれば、いまよりは楽《らく》になると思うの。ほかのお母さんたちなんかと交替《こうたい》で子どもの送りむかえをすればいいでしょう。でもいまは、たとえば、お昼休みに町の反対側《はんたいがわ》から大急ぎでファイン幼稚園《ようちえん》までエマをむかえにいって、その足で午後あずかってくれる保育所《ほいくしょ》へ連《つ》れていくの。それに週末は掃除《そうじ》や買い物で手いっぱいなのよ（夜はエマとわたしのために時間をさこうとママは決心したの、三人にとって夜がいちばんいい時間ではないにしてもね。ママとエマは毎晩《まいばん》六時にくたくたになって帰ってくるけれど、すくなくとも数時間だけは一緒《いっしょ》にいられるわ）。

もちろんわたしも手助けしてるのよ。毎日うちに帰るのはわたしがいちばん早いから、買い物と夕食の仕度《したく》はわたしの分担《ぶんたん》なの。だんだんお料理《りょうり》もできるようになってきたわよ、タラ！ 意外でしょうけど、料理っておもしろいわ。好《す》きなの。ママはわたしが買い物や料理をするので助かってるけれど、押《お》しつけたりはしないわ。それに来週からは火曜日と木曜日は五時までわたしが帰らないのを知っているし。そういう夜は電子レンジで手早く食べられるように、煮《に》こみやシチューをつくって冷凍庫《れいとうこ》に入れておけばいいのよ、といってるの。

どうして五時まで帰らないかって？ 放課後《ほうかご》に詩の雑誌《ざっし》のミーティングがあるからよ。詩の雑誌がほんとうに実現《じつげん》することになって、わたしは編集長《へんしゅうちょう》になるのよ！！！！ 待ちきれないわ！！！！！　そのことは次の手紙で知らせるわね。
すぐ返事ちょうだいね。

エリザベスより

エリザベス

四月二十六日

バーブとルークへ

おめでとうございます！ タラが赤ちゃんのこと話してくれました（でもごぞんじのように、タラはそのことを話したがらないので、タラあての手紙の中では赤○○○としか書けないんです）。わたしはすばらしいニュースだと思うわ。なにかをそんなふうにわくわくしながら待てるってすてきですよね？ 赤ちゃん！ 生まれたての赤ちゃん！ もう名前は考えていますか？ わたしはまた女の子だったらいいなと思います。メアリーはどうかしら。平凡《へいぼん》だけど、わたしのお気に入《い》りの名前のひとつです。それともエミリー、アリスン、ペイジ、グレース、アンナとか？ もちろん男の子もすてきでしょうね。マイケルって名前がいいかな。

とにかく、おめでとう！ いつか赤ちゃんに会いたいと思ってます。

P・S　わたしの最近《さいきん》の様子《ようす》はタラから聞いたと思います。父の消息《しょうそく》がさっぱりわからないことをのぞけば、状況《じょうきょう》はずっとよくなりました。

エリザベスより

四月三十日

エリザベスへ

この手紙の日付《ひづけ》を見てたんだ。

まだ四月の終わりだよ。

新学期に文通をはじめたとき、こんなにいろんなことが起きるなんて思いもしなかったよね？

（話してなかったかもしれないけど、あたしは七センチ背《せ》がのびたし……靴《くつ》のサイズもふたまわり大きくなって……ブラのサイズも大きくなった……いまじゃブラをするれっきとした理由《りゆう》があるんだもん。でもこういうのはただの見た目の問題！！！！！）

日付を見たら、あの歌を思い出した――ほら、四月の雨は五月の花を連《つ》れてくるってやつ。なんか〝くさい〟感じだけど、ほんとかも。いま、あんたは詩の雑誌《ざっし》の編集長《へんしゅうちょう》で、図書館から二ブロック（毎週末《まいしゅうまつ》にふたりでよく図書館へ行って、一週間分の本を借《か》りたよね？）ダンキン・ド

ーナツから四ブロックのところに住んでるんだよね（あ〜うまそう。図書館のあとよく行ったのおぼえてる？……あんたはいつも全粒粉《ぜんりゅうふん》の、あたしはいつもカスタードがつまってて、バニラのアイシングと色とりどりのトッピングがかかってるやつだったね……ああいうことがもうできないなんて、すごくさびしいよ）。
　手紙にあった〝悪い点〟だけどさ……今度のうちがあまりすてきじゃなくてがっかりだね……あんたのママが防犯設備《ぼうはんせつび》を心配しているって読んで、こわくなっちゃった（おおげさだなんて思わないで）。チャッキー・チーズから六ブロックについては……あたしはエマと同意見だよ。あたしでもやっぱり〝いい点〟のひとつになりそう（エマによろしくいっといて。エマがいなくてさびしいし、まだあたしがそっちに住んでたら、エマと一緒《いっしょ》に〝チャックスターズ〟の、ボールがいっぱいはいった小さな囲《かこ》いの中でぴょんぴょんはねたいって、伝《つた》えておいて）。
　お父さんから連絡《れんらく》がなくて、ほんとに困《こま》ったね。
　料理《りょうり》ができるようになったなんて、すごいよ。よかったら、あたしが使ったレシピを送ってあげる……おぼえてる？　あのマシュマロ・ミートローフ？？？！！　あのレシピはごめんだよね！！！

バーバラとルーカスあてのあんたの手紙はテーブルの上においといたんだ。もう見あたらないから、たぶん受け取ったんだろうね。

じゃ、このへんで。行かなくっちゃ。

タラ☆スターより

バーブからのお手紙

四月三十日

エリザベスへ

ええ……タラ・スターがあなたのことはみんな話してくれたわ（すくなくとも、わたしたちと口をきかなくなる前までは）……でもあなたがくれた手紙と一緒《いっしょ》に、タラあてのあなたの手紙もテーブルにおいてあったの。読んでもかまわないとメモがそえてあったわ。だから、そちらの事情《じじょう》はすべてわかったわ。あなたもお母さんもとても勇敢《ゆうかん》よ……それにあなたはとてもよくお手伝《てつだ》いをしているのね。お母さんはきっととても心強く思っているわ。とてもありがたがっているはずだし、あなたのことを心から愛《あい》しているはずよ。くたくたでそれを伝《つた》えられないとしてもね。エリザベス、いつでもコレクトコールで電話してくれてかまわないから、わたしたちの助けがほしいときはぜひそうして。

赤ちゃんのことだけれど……あなたのいうとおりよ。ルークもわたしもとても興奮《こうふん》しているわ。

わたしたちは赤ちゃんがほしくてたまらなかったの……だからしばらくのあいだ子づくりにはげんできたのよ（どぎまぎしないでね）。タラが生まれたときは、わたしたち自身子どものようなものだったわ。でもルークもわたしも二十九になって、十七歳《さい》のころよりはるかに親としての資《し》格《かく》がそなわってきたと思っているの。

ルークとわたしは目下《もっか》タラ・スターにはきびしくしないようつとめているけど、あの子、どうにも手に負《お》えないのよ。わたしたちは長いあいだ無責任《むせきにん》な親だったわ。でも決《けっ》して悪い親ではなかった（と思いたいわ）。ただ、仕事をつづけて貯金《ちょきん》をするという、きちんとした生活が苦手《にがて》だったの。タラ・スターは、物心《ものごころ》つくとすぐ、家じゅうでいちばん責任感《せきにんかん》のある人間になった……なんでもきちんとこなして、すべてを計画どおりに進めようと努力《どりょく》し（食事の献立《こんだて》や料理《りょうり》）、お金の心配をして。はずかしいことだけど、ルークとわたしが大人《おとな》になるのには時間がかかったわ。でもいまはもう大人（ほとんど）よ。そのことがあの子にはなじみづらいのよ。大人になった両親と子どもである自分にぼつぼつなれてきたところで、わたしが妊娠《にんしん》したでしょう。

だからタラ・スターは混乱《こんらん》し、へそをまげているの。ルークにもわたしにもそのわけがよくわかるし、あの子にとって事態《じたい》がややこしくなってしまったのはかわいそうだと思っているわ……でもわたしたちにも人生があるし……この赤ちゃんは生みたいのよ。

これでタラ・スターのいまの態度《たいど》、すこしはわかってもらえたかしら。じっさいには、赤ちゃんが生まれるのをあの子は認《みと》めているのよ。この前そばを通ったとき、タラ・スターはわたしのほうをむいて、不機嫌《ふきげん》そうにいったの。「いっそ名前は〝それ〟か〝悪魔《あくま》の子〟にすれば」って。あなたのあげた名前の候補《こうほ》のほうがずっと好《す》きよ、エリザベス。

しつこいようだけれど……昼でも夜でも電話してくれていいからね。

すべてうまくいきますように……そしてお父さんの居所《いどころ》がわかりますように。

バーブより

P・S　ルークがよろしくといってます。

エリザベス

五月七日

タラ★スターへ

レシピ、すごくほしいわ。ほんとにあるの？　つまり、カードやなんかに全部ちゃんと書いてあるのかってこと。図書館で子ども向けの料理《りょうり》の本を見つけたんだけど、ほとんどのレシピはセロリのピーナツバターぞえみたいなものなの。そんなのレシピとはいえないわ。お肉料理のところには、二種類《しゅるい》の煮《に》こみが出ているけれど、どっちももう四回もつくったし。ママとエマは遠慮《えんりょ》してなんにもいわないけれど、もううんざりだと思っているのはあきらかよ（いまならあなたのマシュマロ・ミートローフだってよろこぶわ）。

防犯設備《ぼうはんせつび》のことだけど、わたしもこわいと思ってる。前の家に住んでいたときは、安全のことなんて考えてもみなかったもの。複雑《ふくざつ》な警報《けいほう》システムがあったし、出入り口はばっちり鍵《かぎ》がかかっていたから。安全だと思っていれば、どのくらい安全かなんてあれこれ考えたりしないものじゃない。だからこの「逃《に》げるシカ」にきてからも、そんなことは考えなかったの。ママがドアというドア（特《とく》に、小さな中庭に通じるスライド式のドア）、窓《まど》という窓を夜寝《ね》る前に何度も点検《てんけん》しているのに気づくまではね。もちろん鍵《かぎ》はみんなついてるけど、おしいるのは簡単《かんたん》だとママは思ってるわ（窓に鍵をかけずに寝るなんて、とんでもないって）。ママがそれをどうやって解決《かいけつ》するつもりかというと…おじいちゃんとおばあちゃんは一年間、わたしたちの生活を援助《えんじょ》してくれるといったけど、十一月にママのお給料《きゅうりょう》があがれば援助してもらわなくてもよくなるから、ママは残《のこ》りのお金で簡単《かんたん》な警報《けいほう》システムを買ってもらえないか、ふたりに頼《たの》むつもりなのよ。きっといいっていうわ。そうすれば、わたしたちも安心できる。

それはさておき……ビッグニュースよ。詩の雑誌《ざっし》が進行中なの。ジャクソン先生がそのことを知らせるビラを学校に貼《は》りだしたら、わたし以外《いがい》に六人の生徒《せいと》がくわわったの。ハウイ・ベッサー、ナンシー・ジョーダン、フィオーナ・ハンコック、エヴァン・ワーナー、サンドラ・ロスナー、そして（嘘《うそ》みたいだけど）スージー・マルドレーよ。そうなの、スージーは「逃げるシカ」に住んでるのよ。ハウイもそうなの。スージーにはエマと同《おな》い年《どし》の弟がいるから、もうじきママも送りむかえを分担制《ぶんたんせい》にできるかも。雑誌の第一回ミーティングのあと、スージーとハウイとわたしとで一緒《いっしょ》に帰ったの。二度めのミーティングのあとも一緒に帰ったし、それからは毎日登校も下校も一緒なのよ！　スージーはすごくいい子よ。ハウイも。ハウイのお母さんは去年亡《な》くなったから、お父さんとふたり暮《ぐ》らしなの。お父さんは通りのむかいにあるガソリンスタンドの一軒《けん》の経営者《けいえいしゃ》なのよ。スージーのお母さんは自宅《じたく》の居間《いま》でパソコンを使った本の文字組みの仕事をしていて、お父さんは図書館につとめてるのよ（すてきじゃない？　図書館で働《はたら》くのって、どんなかしら）。

　とにかく、わたしのスタッフは（ジャクソン先生がほかの生徒《せいと》たちを〝わたしのスタッフ〟と呼《よ》ばせてくれるのよ。ほんとうはみんな、先生のスタッフなんだけどね）全員が仕事を割《わ》りあてられているの。でね、雑誌《ざっし》の名前をみんなで考えたのよ。『シルエット』っていうの。ラングストン・ヒューズのあの詩みたいでしょ？　すごく不安をかきたてられる詩だけど、ナンシーのお気に入《い》りだし、ラングストン・ヒューズはいまのところわたしの好《す》きな詩人（『母から息子《むすこ》へ』知ってる？）だから、全員一致《いっち》

で『シルエット』に決まったの。年度末《ねんどまつ》には第一号を出して、秋になったら第二号に取りかかるのよ。ジャクソン先生は来年は三冊《さつ》出したいっていってるけど、四冊いけそうだとわたしは思ってる。

さてと。このへんにしておくわ。ハウイとスージーがもうじきくることになっているの。

エリザベスより

P・S　バーブからも手紙をもらったわ。ほんとにやさしい人よね。まだバーブに口をきいていないの？　もうきいたのなら、かわりにお礼をいっておいて。バーブにはまたすぐ書くつもりよ。

P・P・S　エマもあなたに会いたがっているわ。

P・P・P・S　あなたがいったみたいに、わたしの好《す》きな花の五月がきたみたい。すてきな考えだわ。

P・P・P・P・S　でもパパからは音沙汰《おとさた》なし。

五月十三日

エリザベスへ

もちろんレシピ教えてあげるよ。マシュマロ・ミートローフはただのおふざけだったんだけどね……なんかまぬけだよね……でも味はすごくいいんだよ。ルークはふた切れも食べたしさ（おっと……忘《わす》れてた……いまはルーカスって呼《よ》んでたんだ……でもまだあたしがぷりぷりしてなくてルークと呼んでた古きよき時代の話だから）。レシピは書きとめてないけどおぼえてるから、暇《ひま》ができしだい送るね。簡単《かんたん》につくれて、しかも安いんだよ（わかってる。わかってるってば。できるだけ早く送る！！！！）。あと、ローズマリー・チキン（なんか、弱虫《チキン》ローズマリーって人みたいじゃない？……でもそうじゃないんだな。すごくおいしいよ）や、マカロニとチーズのいけてる料理《りょうり》もあるよ。チキン・ボンベイっていう、あたしが考えた料理もある（カレーは好《す》きだったっけ？　これをうまくつくるにはカレーが**超**《ちょう》好きにならないとだめなんだ）。マッシュポテトと、ピーナツバター入《い》りマーブルチョコの料理《りょうり》はおぼえてる？　あんたは好《す》きじゃないかも（でも簡単《かんたん》だし……おいしいんだよ。マーブルチョコのかわりにコーンフレークでもいいかも）。「逃《に》げるシカ」に友だちがいて、ほんとによかったね（安全についてはまだ心配だ。そのビルの名前は「逃げるシカない！」にしたほうがいいかも……よくないジョークだったかな？　ときどきそういう悪ふざけがぱっとひらめいちゃうんだよね……でもジョークをいってもいい場合と相手をわきまえなくちゃ、とは思っているんだ）。とにかくそっちで友だちができてすっっっっごくほっとしたよ。あんたの〝スタッフ〟になった子たちもいるわけだしね。スージーはすごくいい子だよね……ハウイも（ハウイってすっっっっっごくかっこいいしさ。ムム）。

エリザベス……手紙の中であかんぼのことあまりいわないでくれてありがとう。すごく感謝《かんしゃ》してる。いまはそのことにはふれたくないんだ。

聞きたいことや、あんたのお父さんについていいたいことがどっさりあるけど、やめておくね。そっちがすっっごく気を使ってあかんぼのことをいわないでいてくれるんだもの（そういえば、〝あかんぼ〟って四文字言葉（注）なんだよ、気づいてた？）、あたしもあんたのお父さんやその行動をあんたが心の奥《おく》でどう思ってるか、話せとせっつくようなまねはしない。ただ、どこにいるのかわかればいいとは心から思うよ。

ねえ、聞いて聞いて。こっちのみんなのあいだでは、学校新聞にあたしが書いてるコラムが大《だい》評判《ひょうばん》なの（まあ、みんなってわけじゃないか……ある先生はあたしのこと〝不遜《ふそん》〟だって。辞書《じしょ》で調べて、あんたもそう思うかどうか知らせて。イヒヒ）。バーバラとルーカスには新聞を見せてないからどう思ってるのかは知らない。

おこづかいをかせいでるなんてすごいね。あたしもそうできたらなあ……コドオヤになんにもねだれないいまならなおさらだ。でももうベビーシッターはごめんだよ。

とにかくまたすぐ書いてね。そっちのことをすごく知りたいの。

タラ☆スターより

（注）英語では、四文字からなる下品《げひん》な言葉がいくつかある。

エリザベス

五月二十日

タラ★スターへ

わかった、ご要望《ようぼう》におこたえします！　こっちのことを知りたいといったでしょ。突然《とつぜん》またいろんなことが発生したの。

よいこと（エキサイティングでもある）を元気いっぱいでまっさきに知らせたいところだけど、よいことってじっさいはすごくドラマティックでも重要《じゅうよう》でもないのよね。だから、楽しいことはあとまわしにして、まず……パパのことから話すわ。

信《しん》じられる？　ついに電話をしてきたの。すごく妙《みょう》なタイミングで。なぜって、電話が鳴ってもパパかしらと思うのをやめたその日に――まさにその日に――電話してきたんだもの。だから、今夜（日曜）の八時ごろ電話が鳴ったとき、わたしはパパだとは夢《ゆめ》にも思わなかったの。じつはスージーからじゃないかと思ったのよ。ちょっと前に電話したらほかの電話に出てるところで、またすぐかけなおすといってたから。

　もちろんパパの声だってすぐにわかったわ。こういったの、「エリザベスか？　やあ、わたしだ、パパだよ」わたしはこういっただけだったわ。「わかってる」パパはきっとわたしが感《かん》きわまってべらべらしゃべりだすにちがいないと思ってたでしょうね。でも、声を聞いたとたん、わたしは頭が鋼鉄《こうてつ》になったような気持ちがしたわ。だから、「どこにいるの？　会いたかったわ！　いつ帰ってくる？　元気？」というかわりに、かたくるしくこういったの。「待ってて、ママにかわるから」（腹《はら》が立ってしょうがなかったのよ、タラ。ほんとに腹が立ったわ。そうは思えないかもしれないけど、ほんとよ。どうして腹を立てずにいられる？）

　キッチンテーブルの上に受話器《じゅわき》をおいて、急いでママのところへ行ったの。ママもエマもくたびれて、居間《いま》にぐったりすわってふたりで『リトル・マーメイド』を見てたわ。「ママ、ちょっと」わたしは声を落としていったの。ママが居間《いま》を出るとき、エマは画面《がめん》から目を離《はな》そうともしなかったわ（というより、口から親指をね）。

　キッチンにはいると、わたしはいったの。「ママ、パパから電話よ」そのあと、わたしはあることをしたの、タラ――正確《せいかく》にはふたつのことを――きっとほめてくれると思うわ。まずキッチンを出たあとドアに耳をおしつけてママのいうことを盗《ぬす》み聞きしたの。それから廊下《ろうか》にある子機《こき》でふたりの会話を聞いたのよ。

盗《ぬす》み聞きでいい知らせは聞けないっていう言葉、知ってる？　あれってほんとうだと思うわ。パパはわたしたちを捨《す》てるつもりなのよ。ママと別《わか》れたがっているの。これまでずっとどこにいたのか知らないけど（その部分を聞きそびれちゃったのよ。それにすっかり動揺《どうよう》しているママに根ほり葉ほり聞くわけにはいかなかったの）、土曜日に自分の持ち物を取りにくるのよ。出ていく前にせめて一度わたしたちに会いたいんだって。どこへ行くのかしら？　はっきりいわなかったけど、たぶんよそへ行くんだと思う。土曜に会ったら、行き先をいわせるつもりよ。住所と電話番号を教えろってね。聞きたいこともどっさりあるわ。質問《しつもん》のリストをつくって、居間《いま》でむきあってすわり、ひとつ残《のこ》らず質問して、出ていく前に全部に答えてもらうつもり。

以上《いじょう》がパパについてのニュース。

それ以外のニュースね。『シルエット』は順調《じゅんちょう》に進行中よ。学校じゅうにお知らせのポスターを貼《は》りだしたら、早くも生徒《せいと》たちから詩が届《とど》きはじめたの。こんなにたくさん集まるなんて予想《よそう》もしてなかったけど、ジャクソン先生には予感があったみたい。先生がいうには、雑誌《ざっし》づくりのいちばんむずかしいところは、どの詩をのせないかを決めることなんですって。でもいまはそれどころじゃないわ。やることが山のようにあるんだもの。まず第一に、雑誌のイラスト全般《ぜんぱん》をひきうけてくれる生徒をふたりほど見つける必要《ひつよう》があるのよ。それにね、わたし自身もいくつか詩を書いてるところなの。

ハウイとスージーと仲良くなってから、学校はがぜんおもしろくなってきたわ。お昼もほとんど毎日一緒《いっしょ》に食べてるの。それに雑誌《ざっし》のミーティングがあるでしょ。去年の秋からずっと眠《ねむ》っていて、いきなり目ざめたみたいな気分よ。

エマは「逃《に》げるシカ」にお友だちができたわ。スージーの弟のマットよ。この前の日曜日は一緒に遊んで、ガソリンスタンドの車ごっこをしていたわ。いつまでたっても終わらなくて、なにがおもしろいのかわたしにはさっぱりだったけど、ふたりはおおいに楽しんでたみたい。

タラ、この前の手紙であなた赤ちゃんのことをいってるわね。今度その話題を持ちだしてもいい？　いやならよすわ。知らせてね。

というわけで、次の手紙にはパパに会ったことを書くわ。わたしは答えがほしいし、パパは答えをくれるべきだと思うの。

エリザベスより

P・S　パパに関《かん》して興味深《きょうみぶか》いことがあるの。いなくなるってわかっても、さびしくないし、それほど恋《こい》しくもないってこと。わたしが感じているのはもっぱら怒《いか》りよ。もうとっくの昔にパパはわたしたちの生活からいなくなっていたような気がするわ。

五月二十四日

エリザベスへ

あんたのお父さんが信《しん》じられない！！！！！！！！！！！！！！　これがあんたのお父さんじゃなかったら、口ぎたなくののしってると思う。でもかわりにこういうだけにするね――お父さんが当然《とうぜん》の報《むく》いを受けますように。

あんたはすっっっっっっっっごく強いよ（盗《ぬす》み聞きしたり、子機《こき》で会話に耳をすませたり、ほんとにえらい。ある意味、いいことじゃないかもしれないけど、場合が場合だもの、正しい行動だったと思うな）。

お父さんにたいしてどんなに怒《おこ》ってるかを、だまってないで口にしたところも感心しちゃった。返事をしたとき、「頭が鋼鉄《こうてつ》になった」っていうのが強烈《きょうれつ》だよね。あたしだったら、全身カーッと熱《あつ》くなって爆発《ばくはつ》しちゃっただろうけど、怒りかたにもいろいろあるんだってわかってきた感じ。

どんなことをいうつもりなの？　なにを質問《しつもん》するの？　見せてくれるつもりがあるなら、あんたのリストすごく見たいな。

『シルエット』だけど……早く見たくてうずうずしちゃうよ！　あたしも参加《さんか》できたらいいのに……ま、しかたないか……あたしもここで新聞記事を書いているわけだし……でもこれって、仲のいい子たちと一緒《いっしょ》に書いたり、あんたの〝スタッフ〟でいたりするのとはちがうんだよね（もしあたしがあんたの〝スタッフ〟のひとりでも、あたしたちけんかせずにやっていけるかな？

（ちょっと考えてたんだ）。

さてと……あんたはすっっっごくいっぱい話してくれたから、あたしもこっちのことを話すべきだよね。赤のつく言葉についてだけど……ずっとたいした進展《しんてん》はなかったんだ。あたしはバーブにもルークにも話しかけていなかったし、むこうもあたしに話しかけてこなかったし。あてつけがましくしゃべってみたり、目の前でひとりごとをいったりはしたけどね。ついにある日、あたしはひとりごとをいったの、「あら、見て……ここに生みっぱなし屋がそろってる。この人たち、〝悪魔《あくま》の子〟にも世話をしてもらうつもりなのかしら」そしたらさ、エリザベス……あのふたり、〝今年度最優秀《さいゆうしゅう》両親賞〟を獲得《かくとく》する努力《どりょく》を断念《だんねん》して、あたしにむかってわめきはじめたんだ！　ルークは新しく生まれてくる赤ちゃんへの期待でハッピーなときなのに、あたしが神経《しんけい》をさかなでしてるっていったんだ。だからあたしはいってやった。「そんなの〝悪魔の子〟じゃない」って。そしたらバーブが二度とその言葉を使うな、あんたは幼稚《ようち》で自己中《じこちゅう》でわがままな子どもだっていったから、あたしは「自分だってそうだったくせに」っていって、泣《な》きだしたの。ワーッって泣いたんじゃないよ……しくしく泣いたんだ。かなり長いあいだ泣いちゃった。そのうちバーブがそばにきたから抱《だ》きしめてくれるのかと思ったけど、そのままあたしの様子《ようす》をうかがってた。ひたすら泣きつづけてたら、ルークが「おまえの気持ちを話してごらん」っていったの。だからあたしは心配なんだっていったんだ……ふたりがついに腰《こし》をすえて働《はたら》くようになって、お金もたまりはじめて、あたしがしょっちゅうはらはらしなくてすむようになったと思ったら、バーブが妊娠《にんしん》したのが心配だって……お産《さん》のための入院費用《にゅういんひよう》とか、あかんぼにかかるお金とかがないんじゃないかと心配だって……それから、あかんぼの世話をおしつけられるのはいやだってことか……家族の世話をするのはもううんざりだってことやなんかを……エリザベス、わがままに聞こえるのはわかってるけど、でもさ、うちの親たちはあたしよりほんの十七、年上なだけなんだよ……だからそう〝しっかりしてる〟わけじゃなかったんだ。ルークなんかこれまでひとつの職場《しょくば》にずっといられたためしがなかったんだから。ふたりともあまりお金をかせげなかったし。あたしが夕ごはんをつくって、家の中をちゃんと整頓《せいとん》してたことや、家にお金がほとんどなくて、貯金《ちょきん》なんてゼロだったりしたのをおぼえてるでしょ？　ああいうことがまた起きるのかどうか、あたしは知りたかったんだ。

ルークとバーブはいっぱい説明《せつめい》してくれた。そしてあたしにいろいろ苦労《くろう》をかけたことをあやまった（楽しいときもけっこうあったし、よその親とちがってすごくおもしろかったと、あたしもいったんだ。よその親みたいになってほしいかどうかは自分でもわからないって）。とにかく、ルークはあたしが口をきかなかったあいだに昇進《しょうしん》したんだって（ふたりともそろそろ昇進だなって知ってたみたい）。つまり、もっとお金をかせげるし、医療保険《いりょうほけん》にもはいれて、もっと昇進する見込《みこ》みがあるってことだよね。バーブも、もうじき昇給《しょうきゅう》するみたい……上司《じょうし》の話じゃ、育児《いくじ》休暇《きゅうか》が取れるし、職場《しょくば》には保育施設《ほいくしせつ》もあるらしいよ。バーブは生まれるぎりぎりまで働《はたら》いて、〝悪○〟が生まれたら（わかった、ちゃんというよ……あかんぼ）すぐまた仕事にもどるつもりなんだ。あたしはしょっちゅうベビーシッター役をしなくてもいいっていってくれた……ただし、あたしたちは家族なんだし、お互《たが》い助けあわなくちゃいけないって。それから、聞きわけのないガキみたいなふるまいはやめろともいわれちゃった（わかっちゃいたけど、ほんとにいらついていたんだもの！！！）。ふたりがいろいろ説明してくれたあと、あたしは気が楽《らく》になった……だけど期待はしないでよ。生まれてくる弟だか妹だかがどういう人間なのかわかるまでは、あたし、あんまりかわいがらないからね。エリザベス、まさかあのふたり、ラインストーンやビーズやスパンコールのついたおむつカバーをつくらないだろうね？　とにかく……ふうっ……ながながと書いちゃったよ。あたしたち、またしゃべるようになったんだ……あたしは両親を愛《あい》してる（コドオヤからまた両親に昇格《しょうかく》させたの）。むこうもあたしを愛《あい》してくれてる（いつもいつもってわけじゃないけど）。

まあ、こんな感じかな。

お父さんに会ったら、**すぐに**手紙で知らせて。

タラ☆スターより

P・S　短い手紙はまたあとで（へへ）。

エリザベス

五月二十六日

タラ★スターへ

きょうは土曜日だけど、パパには会わなかったわ。これからも会わない。質問《しつもん》のリストをぶつけることもないわ。質問の準備《じゅんび》はちゃんとできてたのよ、学校の宿題みたいにね。月曜に書いて、一週間ずっと何度も見なおしては、手をくわえてたの。金曜の自習の時間に、これでよしと思って、きちんと清書《せいしょ》したわ。なんならあなたに送ることもできるけど、質問しなかったんだから無意味《むいみ》よね。

なぜパパに会わないのかって？　それはパパがびびって、こなかったからよ。それが理由《りゆう》。酔《よ》っぱらいで、だらしのない最低《さいてい》の根性《こんじょう》なしよ、大きらい。ずうずうしくもあるわ。だって、自分のものはちゃっかり全部持っていったのよ。ただし、ママとエマとわたしには会わないで。

こういうことだったの。きのうの放課後《ほうかご》、ハウイとスージーとわたしはいつもどおり一緒《いっしょ》に帰ったわ。片方《かたほう》には「逃《に》げる」、片方には「シカ」と書いてあるレンガ塀《べい》のあいだを三人で歩いていたら、ハスリンさん(「逃げるシカ」の管理人《かんりにん》)が管理人室からわたしに声をかけたの。「エリザベス! おかえり。よかったわ、あなたがつかまって。はい、鍵《かぎ》よ」わたしはいったわ。「なんの鍵ですか?」そしたら「あなたのお父さんの鍵よ。スペアとして必要《ひつよう》なんじゃないかと思われたんでしょう」わたし、きっとぽかんとしていたのね、ハスリンさんがつづけて説明《せつめい》してくれたの。「荷物《にもつ》を取りにきたあと、お父さんがここへあずけていったのよ」

パパとママが別《わか》れたことをハスリンさんは知っていたわ(二日くらい前にママが話したから)。でも、どうしてハスリンさんがパパがもう荷物を取りにきたと思っているのか、わたしには理解《りかい》できなかった。でも次の瞬間《しゅんかん》、はっとして、おなかに穴《あな》があいたようないやな気分に襲《おそ》われたの。ハスリンさんから鍵を受け取って、スージーとハウイにあとで会うからというと、うちまで走ったわ。ドアをあけて居間《いま》に飛《と》びこんだの。思ったとおり、パパの持ち物は全部なくなってた。

パパは早めにきたのよ、タラ。わたしたちがいないと知ってるすきにやってきて、持ち物だけ取って、わたしたちには会わずに出ていったのよ。手紙も残《のこ》していなかったわ。

もっといろいろ書くつもりだったのよ。バーブとルークと赤ちゃんのことを聞くつもりだったし、『シルエット』のことも話すつもりだった。でもわかるでしょう? いまはとても無理《むり》。次の手紙で書くわ、いいでしょ? もうちょっとましな気分になったときに。でも、あなたが両親と話をして、ほんとによかったわ。赤ちゃんに関《かん》して、すべてがうまくいきそうなこともほっとした。

エリザベスより

P・S　今度がわたしがいう番ね、長～～～～い手紙はまたあとで。

P・P・S　パパなんか大きらいって、もういったっけ？（もう二度と帰ってこないだろうって、ママはいってるわ。）

五月三十日

エリザベスへ
「言葉もない」なんてこと、あたしの場合めったにないんだけど、でも、言葉もないよ。

なにかあたしにできることあるかな？

電話しようか？　そしたらあたしたちと話ができるよ（バーブにいろいろ話したいでしょ）。

あんたのお父さんについていいたいことはどっさりあるし、悪口《わるぐち》も山ほどある……でもなんとなくそれはいい考えじゃないような気がするんだ。だけど気がすーっとしたよ、あんたがお父さんについていろいろいってるから。あんたがあんな口をきくなんて、思ってもみなかったな。

お母さんはどうしてるの？　エマは？　あんたはどうしてるの？

みんながハッピーになれる方法《ほうほう》があればいいのにって、ずっと思ってるんだ。

大人《おとな》が子どもをこんなひどい目にあわせるなんて、フェアじゃないと思う。

あんたとエマに起きてることはフェアじゃないと思うよ。
だれにも起きちゃいけないことだよ。
あんたのことしょっちゅう考えてるの……すごく心配だ。
できるだけすぐに返事ちょうだい。

タラ☆スターより

エリザベス

六月七日

タラ★スターへ

もっと早く返事書かないでごめんね。心が落ちつくまでしばらく時間が必要《ひつよう》だったの。それに正直《しょうじき》にいうと、もしかしてパパから連絡《れんらく》があるかもしれないと期待してた部分もあるのよ。ばかみたいだけど、ひょっとしたらと思ってたの。もしそうだったら、わたしがパパをどなったとかいう話ができたのにね。でももちろん、音沙汰《おとさた》なしだった。だからこの件《けん》についてのニュースは、わたしたち三人ともそれなりにすごしてるってことだけよ。いちばんけろっとしているのはエマね。パパがアパートに立ち寄《よ》るということさえ知らなかったから。興奮《こうふん》しすぎるといけないと思って、ママはエマには話していなかったの。パパに会うまで五日も待つというのは、エマにとっては心臓発作《しんぞうほっさ》を起こしちゃうほど大変《たいへん》なことだもの。それにね、ママはパパがあらわれない見込《みこ》みもあるから、エマをがっかりさせたくないと思ったんじゃないかな（ママのほうがわたしよりかしこかったわ)。というわけでエマは元気なの。しばらくパパのことは忘《わす》れてるような感じもあるし、よかったわ。でも、いつになったらパパにまた会えるのと聞かれたら、どう答えたらいいのかしら。

ママとわたしもまああよ。元気はつらつじゃないけど、だいじょうぶ。バーブに話してみたらといってくれてありがとう。でもね、バーブとおしゃべりするのは大好《だいす》きだけど、最近《さいきん》ママとすごくよくしゃべってるの。前よりずっと。ママがいうことは、バーブとはたぶんちがうでしょうね。でもいいの。ちがう人間だから、ちがって当然《とうぜん》よ。ママとわたしはお互《たが》いすごく正直《しょうじき》にいいあってるわ。パパなんか死んじゃえばいいとときどき思うといったら、ママはそう思うのはかまわないし、理解《りかい》できるって。

この一年、パパがどうしてああいうことをしたのかわからない。わたしたちを憎《にく》んでるからじゃないと思う。パパが悪人だからでもないと思う。たぶんなにかがうまくいかなくなって、自信《じしん》喪失《そうしつ》ぎみになったせいじゃないかしら。ぎみ、じゃなくてほんとに自信喪失したのかもしれない。前によく〝ノイローゼ〟って言葉を聞いたでしょ、あれみたいなものよ。お酒を飲んだり、失業《しつぎょう》したりで、ますます悪くなっていったのよ。そしてこれまでのような暮《く》らしかたができなくなったの。パパが耐《た》えられなかったのに、ママとわたしはどうしてがんばれるのかしらね？　不思議《ふしぎ》だわ。なぜこういうことが起きるのかな？　ほかのみんなは健康《けんこう》なのに、なぜ家族のひとりだけががガンになるの？　パパもそれみたいなものなんだわ。最近《さいきん》になって、わたしこう思うようになったの。パパがわたしたちにしたことは憎《にく》むけど、パパという人は憎まないって。憎めないの。ガンになったからって、その人を憎むことなんてできないでしょ。

パパについては永遠《えいえん》にわからないことがいっぱいあるような気がするわ。

『シルエット』のことでわくわくするような知らせがあるの。創刊号《そうかんごう》があと九日で出るの、終業式の前の週にね。もう、うれしくって！　たくさんの生徒《せいと》がほんとにすてきな詩を寄《よ》せてくれたの（選《せん》にもれた詩の作者あてには手紙を書いたけど、それはジャクソン先生が手伝《てつだ》ってくれたわ）。それに、すばらしいイラストレーターを発見したのよ。ショーネル・ワグナー。おぼえてる？（二年生なので、残念《ざんねん》ながら来年の『シルエット』のイラストは頼《たの》めないけど。）先週のある晩《ばん》なんて、ハウイとスージーがうちにきて、十一時三十八分まで作業《さぎょう》したのよ。てんてこまいだったけど、とても楽しかったわ。

この夏わたしたちがなにをすることにしたか、あててみて。ハウイとスージーとわたしってことだけど。わたしたちだけで詩の勉強会をはじめるの。毎週火曜日と木曜日の夜に集まって、詩を読んだり、詩の話をしたりするのよ（図書館に充実《じゅうじつ》した詩のコーナーがあるの）。それから、毎週土曜日の夜は〝アイスクリームの会〟。まだあるわ、できるだけたくさん一緒《いっしょ》にすごすようにするの！　でも、三人とも仕事があるのよ。夏休みは毎日エマの世話をすることになりそう。

保育所《ほいくしょ》よりわたしにあずけるほうが安あがりだってママがいうの。ハウイはコンピューターでなにかするらしいわ。自分でビジネスをはじめたのよ。コンピューターがうまくあつかえない人たちの手助けをするみたい。スージーはお母さんの手伝《てつだ》いで、パソコンを使った本の文字組みの仕事をやるんですって。はじめはハウイと共同《きょうどう》でビジネスをやろうとしていたの。というのも、スージーはハウイよりさらにコンピューターにくわしいから。でも、お母さんが手伝ってもらいたがっているのよ。スージーは割《わ》りきってるわ。文字組みの仕事も好《す》きだから。

わたし、夏が待ち遠《どお》しいわ、タラ。のんびりしたいの。そうそう、「逃《に》げるシカ」のプールの話、した? 大人《おとな》用のプールと、子ども用のプールがあるの。おかげで毎日エマと泳ぎにいけるわ。わたし、新しい水着を買ったのよ。なかなかいい感じよ。

『シルエット』が出たら、一冊《さつ》送るわね!!!

たくさんの愛《あい》をこめて
エリザベスより

六月十日

エリザベスへ

だいぶよくなったみたいだね。バリバリ元気って感じ！！！（お父さんのことをのぞくと、だけど。どうやれば乗りこえられるかって考えたみたいだね。）

『シルエット』が順調《じゅんちょう》に進んでることも、あんたがハウイやスージーと仲良くやってることも、すごくうれしいよ。

こっちもいろいろあったから教えるね（リストにして……そのほうがあたしは楽《らく》なんだ……ほら、あたしの頭と……口は……ときどき早くまわりすぎて相手を混乱《こんらん》させちゃうから）。

1　あたしの見た目……今年はすっっっごく背《せ》がのびたんだよ。もともとの茶色っぽいブロンドの髪《かみ》に紫《むらさき》のメッシュを入れたんだ（ある日、友だち何人かといたら退屈《たいくつ》になって、みんなで髪にメッシュを入れたの……ハンナは赤紫《あかむらさき》、アリーは緑、ジョンは銀色）。バーブとルークはいい顔してない。家族で〝ちょっとした話しあい〟をして、今度からはまず許可《きょか》を得《え》てからじゃないと、極端《きょくたん》なことはしないって約束《やくそく》したよ。バーブもルークもあたしが舌《した》とかにピアスをするんじゃないかって思ってたみたいだけど、あたしはそんなバカじゃないもん。二年の男子で舌にピアスをしたのがいるの。その子とキスしたらどんな感じなんだろうね？？？？？？（キモいよ！！　チートス・キスのほうがまだましだって。）

2　あたしもたくさん書いているよ……詩じゃないけど。学校新聞におもしろい記事を書いてるの。生徒《せいと》にはすごく気に入《い》られてるんだ。一部の先生たち（と、食堂《しょくどう》のコックさんたち）には不評《ふひょう》だけどね。言論《げんろん》の自由ｖｓ他人の気持ちについて、校長先生とちょっと話しあった……だけど、ホットドッグのゆで汁《じる》みたいな味のメニューばっかりじゃ、書かれたってしかたないと思うな……休み時間になるとこそこそ学校をぬけだして車の中にすわり、煙草《たばこ》を吸《す》ってる先生たちだって批判《ひはん》されてあたりまえだよ。

3　あたしの成績《せいせき》……〝ほんとうの力を出していない〟って、いつもあたしがお説教《せっきょう》されてたことは知ってるよね。でもね、エリザベス……それは過去《かこ》の話。今学期は数学のＣ以外《いがい》はオールＡ

だったんだよ（それに数学ではほんとうの力をぎりぎりまで出したんだ。数学に関《かん》しては、あたしって救《すく》いようのない人間なんだと思うよ）。来年はハイレベルな個人指導《こじんしどう》を受けてみないかっていわれた。（すごくない、ねえ？！！！！）

4　友だちについて……エリザベス、みんなすごくおもしろいよ。一緒《いっしょ》にいると楽しい……困《こま》ったことがあっても、みんなで話しあえる。知りあいもすごくふえたよ……演劇《えんげき》グループの子たち、学校新聞の仲間、チェスクラブの生徒《せいと》（わかってるって……あたしはチェスをやらないけど……でもいい子たちなの）。フェンシングのチームにもはいろうかな、なんて。ここの生徒もなかなかいいよ（まあね、全員ってわけじゃないけど……それはまた別《べつ》の話……でもほとんどはいい子たちだよ）。

エリザベス――あたしいいこと思いついちゃった。この夏、一週間ぐらいうちにおいでよ。そうすればじかにいろんなことがわかるじゃん。エマの面倒《めんどう》をみなくちゃならないのは知ってるけど、ひょっとしたら、あんたとお母さんでなんとかできるかもしれないでしょ（それでこそ夏休みだよ）。アルバイトとか、詩のグループとかで忙《いそが》しくなりそうなのはわかるけど、あんたのことがすっっごくなつかしくて、顔を見たいの。

この一年はいろんなことがあった。あたしときどき、ふたりともすっかり変《か》わっちゃって、そのうち友だちじゃなくなっちゃうんじゃないか、それぞれの道を進んでそれっきりになっちゃうんじゃないかって思うんだ。いつまでも友だちでいたい。だからちゃんと会わなくちゃいけないと思う。手紙じゃなく、直接《ちょくせつ》いろんな話をしなくちゃだめだよ。**そんなのいやだよ。**

とにかく、バーブとルークはもしあんたがこっちへこられそうなら、こっちにいるあいだの費《ひ》用《よう》（食事とか、出かけるときとかの）は全部もつっていってるの。ふたりもあんたに会いたがってるんだよ。

ねえ、お願《ねが》い……お願い……お願い。きて。

〝あく〇〟がくる前にふたりきりで会えるのはこれが最後《さいご》のチャンスなんだ（心配しないで。あく〇っていってるけど、これはもう悪魔《あくま》の子って意味じゃないんだ。いまは〝あくまでもかわいいチビ〟って意味なの、ハハ）。

ああ、エリザベス……あんたがきてくれたらきっとすごく楽しいよ。あたしはあんたの手紙に出てくる子たちのことや、あんたが住んでる場所のことを知ってるから（新しいアパートには一度も行ったことがないけど）、あたしのいるところも知ってほしいんだ。

すばらしい時間がすごせるよ……それにね……新しいボーイフレンドができたんだ。名前はバート（すごく頭がいいの。お利口《りこう》バートって呼《よ》んでる）。バートの親友のジェフはだれともつきあってないから、あんたがこっちにきたらダブルデートができるでしょ。

ね、エリザベス……考えてもみてよ……書いているもの（手紙だけじゃなく）を直接《ちょくせつ》見せっこできるんだよ。やがてあたしたちが有名《ゆうめい》な作家になったら、ずっと昔から助けあってきたことをみんなに話してあげられるし。

ねえ、お願《ねが》いだから、きてよ。

タラ☆スターより

エリザベス

六月十七日

タラ★スターへ

行きたい、行きたい、すごく行きたいわ！　でね――行けるのよ！　もう全部うまくいったの。こういうわけよ。

1　飛《ひ》行機《こうき》代《だい》――ママのマイレージが去年の分までたまってるから、それでオハイオまでの往復《おうふく》チケット代がじゅうぶん出るってママがいってるの。

2　おこづかい――わたしベビーシッター代をたくさんためたのよ。水着とか、必要《ひつよう》なものを買うのに使ったけど、まだいっぱい残《のこ》ってるし、オハイオへ行くまでにエマの世話をする時間しだいで、もっとかせげるわ。でも、**ほんとにほんとにありがとう。**費用《ひよう》をもっといってくれたバーブとルークとあなたに感謝《かんしゃ》してるわ。でも大部分はわたしのおこづかいでまかなえると思う。
3　エマ――わたしの留守中《るすちゅう》はスージーがかわりにエマの面倒《めんどう》をみてくれそう。スージーのお母さんがやってもいいっていってくれたんだって。それにうちのママのベビーシッター代のほうがスージーのお母さんが払《はら》うアルバイト代よりいいの。おまけにスージーはエマが大好《だいす》きだし、エマはマットと一緒《いっしょ》に遊《あそ》べるでしょ。
4　時期――ママはあなたとバーブとルークの都合《つごう》さえよければ、いつ行ってもいいっていってくれたわ。スージーが予定を組めるように、あらかじめ時期をスージーに知らせれば、それですむの。
それからね、呼《よ》んでくれて、お金の負担《ふたん》を申《もう》しでてくれた（それだけじゃなくて、ほかにもいろいろ親切にしてくれた）バーブとルークとあなたに、**心からお礼をいってちょうだい**とママにいわれたの。

タラ、ハンナやバートやみんなに直接《ちょくせつ》会えるのが待ち遠《どお》しいわ。ダブルデートもおもしろそう。で、いつ行ったらいいの？　知らせてね。わたし、もう興奮状態《こうふんじょうたい》よ！！

P・S　わたしも永遠《えいえん》に友だちでいたいわ。

P・P・S　紫《むらさき》のメッシュですって？　髪《かみ》に？・？・？・？・！

エリザベスより

六月二十二日

エリザベスへ

ふへ！！！！！！！うきゃ！！！！！！！ばんざーい。

もうすっっっっっっっごくうれしい。

信《しん》じられないくらい。

ほんとにきてくれるんだね！！！！！！！！！！！！！！！！！！！！！！！！

かわりにあんたのお母さんを抱《だ》きしめて、**ほんとにほんとにほんとにほんとにほんとにありがとう**っていっておいて（エマも抱きしめておいて、会いたいから）。

こっちへくるのはいつでもいいよ、あんたとあんたの家族にとっていちばん都合《つごう》がいいときでいいの。あたしにとっていちばん都合がいいのは、ソッコウだけど（これは〝即行《そっこう》、すぐに〟のことだけじゃないんだ……〝そんな痛快（つうかい）で幸福（こうふく）なこと、うまれてはじめて〟って意味でもあるの)。
最高《さいこう》のときをすごそうね……最上級《さいじょうきゅう》のときを。
永遠《えいえん》に友だちでいたいね。
友だちでいるのはかならずしも楽《らく》じゃない。
だけどそれだけの価値《かち》はまちがいなくある。
あんたが着くのが待ちきれないよ。

タラ☆スターより

P・S　もう紫《むらさき》のメッシュははいってないんだ。
いまはショッキングピンク。
P・P・S　あんたは何色のメッシュにしたい？　(へへ)

文通は楽しい！——訳者《やくしゃ》あとがきにかえて

いまどき文通なんてする人いるの？　という声が聞こえてきそうなメールばやりの世の中ですが、メール派《は》のみなさんにも楽しんでいただけそうな傑作《けっさく》が登場しました。それがこの『おしゃべりな手紙たち』（原題《げんだい》*P.S. Longer Letter Later*　一九九八年）です。手紙も捨《す》てたもんじゃないなあ、わたしも文通してみようかな、という気持ちが芽生《めば》えるかもしれませんよ。

中学生になったばかりの新学期、これまで同じ小学校に通っていた親友同士《どうし》のエリザベスとタラ・スターは、別々《べつべつ》の中学校で第一日めを迎《むか》えるはめになりました。タラ・スターが引《ひ》っ越《こ》してしまったからです。

さっそくエリザベスは、「もう頭にきたわ。どうして引っ越しなんてしたの？？？……」と、うらめしげな手紙をタラ・スターに書き送りました。するとタラからも「あたしが引っ越したくなかったのは知ってるじゃん……」と、同じようにうらめしげな返事が届《とど》きます。

こうしてほぼ一年間にわたる文通がはじまります。お互《たが》いの学校の情報交換《じょうほうこうかん》にはじまって、友だちやボーイフレンドのこと、家庭内の悩《なや》みなど、その内容《ないよう》はじつにさまざまで、まるで目の前でおしゃべりしているような躍動感《やくどうかん》にあふれています。もしかすると、実際《じっさい》に中学生同士《どうし》が書いた文通の記録《きろく》なの？　と早とちりしてしまいそうになるほどリアルですが、これはれっきとしたフィクション、つまり小説《しょうせつ》なのです。

本書《ほんしょ》は私生活《しせいかつ》でも仲良しというふたりの女性《じょせい》作家によって書かれました。ポーラ・ダンジガーとアン・M・マーティンはヤングアダルト向けの小説を得意《とくい》とする、アメリカの人気作家です。ふたりはこの本を書くにあたって、リアルな口語体《こうごたい》を用《もち》い、物語の流れをできるだけ自然《しぜん》にすること、を目標《もくひょう》におきました。そこで、役割《やくわり》を分担《ぶんたん》し、ポーラ・ダンジガーがタラ・スターに、アン・M・マーティンがエリザベスになりきって、結末《けつまつ》を決めないまま執筆《しっぴつ》を開始したのです。

〝なりゆき次第《しだい》の制約《せいやく》なし〟の試《こころ》みはみごとに成功《せいこう》して、こんな楽しい本ができあがりました。カバーのそでにふたりの写真が出ていますが、どっちがどっちなのか、ひと目でわかりましたか？　ちなみにポーラ・ダンジガーはビーズやスパンコールのついた靴《くつ》のコレクションが趣味《しゅみ》で、アン・M・マーティンは刺繡《ししゅう》や縫《ぬ》い物が好《す》きだといいますから、ン十年後のタラ・スターとエリザベスそのものといってもよさそうです。

さて、登場人物に話をもどしましょう。

エリザベスは少々ひっこみ思案《じあん》で思慮《しりょ》深い優等生《ゆうとうせい》タイプ、タラは威勢《いせい》がよくてやや反抗的《はんこうてき》な積極派《せっきょくは》。

服装《ふくそう》もエリザベスはお嬢様《じょうさま》っぽく、タラはどちらかといえば男の子っぽい。家庭環境《かんきょう》にしても、エリザベスの家は裕福《ゆうふく》、タラの家はかつかつの生活。エリザベスの父親は会社の重役《じゅうやく》で、母親は専業主婦《せんぎょうしゅふ》。タラの父親は失業《しつぎょう》や転職《てんしょく》ばかりしていて、母親も似《に》たりよったり。なにもかも正反対《せいはんたい》です。唯一共通《ゆいいつきょうつう》するのが、詩や文章を書くのが好《す》きで、将来《しょうらい》はそろって作家を夢《ゆめ》みている点です（ますます著者《ちょしゃ》ふたりのイメージと重《かさ》なりますね）。

正反対だけれどもふたりは互《たが》いを認《みと》めあい、家庭の事情《じじょう》についてもごまかしたりしません。まごつくことがあれば、正直《しょうじき》に相手に語りかけ、腑《ふ》に落ちないと思えば、率直《そっちょく》に自分の意見をぶつけます。それだけに、けんかもすれば、お互いに傷《きず》ついて絶交状態《ぜっこうじょうたい》になったりもするのですが、そんな中で、相手を思いやる気持ちや、自分を客観的《きゃっかんてき》に見つめる目が、すこしずつ着実《ちゃくじつ》に芽《め》生《ば》えていきます。

お金に不自由しない生活をしていたエリザベスが、父親のつまずきから、これまでとは正反対の暮《く》らしを強《し》いられるようになり、節約《せつやく》生活にきゅうきゅうとしていたタラが、両親の努力《どりょく》ですこしずつ豊《ゆた》かになっていく。家庭環境の変化《へんか》は十代のふたりを翻弄《ほんろう》しますが、どちらも卑屈《ひくつ》にならず、相手をいたわって、ときにジョークをまじえて文通はつづきます。一年足《た》らずのうちに、おとなしくてはっきりものをいえなかったエリザベスはたくましくなり、突撃《とつげき》タイプのタラは内省《ないせい》することを学びますが、どんなときでもふたりをしっかり支《ささ》えるのは、深い友情《ゆうじょう》にほかなりません。本当の友人とは、真《しん》の友情とは……そんな問《と》いと答えがさりげなく読む者の心につたわってきます。

エリザベスとタラはアメリカの少女ですが、思春期《ししゅんき》の悩《なや》みは万国《ばんこく》共通ですから、日本のみなさんも共感《きょうかん》をおぼえることがたくさんあると思います。もっとも、中一で耳にピアス、鼻にもクリップ式ピアスをして登校、というのは、日本では〝ありえない〟でしょうね。ボーイフレンドとのつきあいも、アメリカのほうがやや先輩格《せんぱいかく》といったところでしょうか。

ついでにアメリカの学校制度《せいど》についてもすこしふれておきましょう。日本の小・中・高は全国的《てき》に六・三・三制ですが、アメリカは州《しゅう》によってさまざまで、六・三・三制や六・六制をはじめとして、なかには八・四制、五・三・四制もあるそうです。小学校と中学校はつなげて学年を数えることも多いようですが、本書ではわかりやすいように、七年生とはせずに、あえて中学一年生と訳《やく》しました。なお、新学期が秋にはじまることも、日本とは大きなちがいのひとつです。

アメリカでは本書の続篇《ぞくへん》を望《のぞ》む声が高く、次は手紙ではなく、メールをやりとりする ***Snail Mail No More*** という作品が二〇〇〇年に誕生《たんじょう》しました。もしかすると、またご紹介《しょうかい》できるかもしれませんので、お楽しみに。

二〇〇四年四月

早川書房の児童書〈ハリネズミの本箱〉

おしゃべりな手紙《てがみ》たち

二〇〇四年五月 二十 日 初版印刷
二〇〇四年五月三十一日 初版発行

著 者 ポーラ・ダンジガー
アン・M・マーティン
訳 者 宇佐川晶子《うさがわあきこ》
発行者 早川 浩
発行所 株式会社早川書房
東京都千代田区神田多町二―二
電話 〇三-三二五二-三一一一（大代表）
振替 〇〇一六〇-三-四七七九九
http://www.hayakawa-online.co.jp
印刷所 信毎書籍印刷株式会社
製本所 大口製本印刷株式会社
乱丁・落丁本は小社制作部宛お送り下さい。
送料小社負担にてお取りかえいたします。

Printed and bound in Japan
ISBN4-15-250022-0 C8097

早川書房の児童書〈ハリネズミの本箱〉

海《かい》賊《ぞく》船《せん》の財《ざい》宝《ほう》

ブライアン・ジェイクス
酒井洋子訳
46判上製

あの幽霊船《ゆうれいせん》の少年と犬が帰ってきた！

幽霊船フライング・ダッチマン号から救《すく》いだされたベンとネッドは、海賊船に乗り組み、ふたたび海に出ることに。だが船に積《つ》まれた財宝をめぐって事件《じけん》が起こり、ふたりにも危険《きけん》がせまる！『幽霊船から来た少年』待望《たいぼう》の続篇《ぞくへん》。

早川書房の児童書〈ハリネズミの本箱〉

サーカス・ホテルへようこそ！

ベッツィー・ハウイー
目黒　条訳
46判上製

臆病《おくびょう》な少女が勇気《ゆうき》をふるう

高所恐怖症《こうしょきょうふしょう》の少女が、つぶされようとしているサーカス団《だん》を救《すく》おうと、空中《くうちゅう》ブランコの達人《たつじん》であるおじいさんの相《あい》手役《てやく》に挑戦《ちょうせん》することに！　サーカスのおかしな仲間たちとの楽しい暮《く》らしの中で、本当の家族愛《かぞくあい》を知るまでの物語